回復術士のやり直し
~即死魔法とスキルコピーの超越ヒール~
10

ケヤル
真の勇者として覚醒した
回復術士
グレン
ケヤルガ及び、ケヤルガの仲間の魔力と心を栄養に生まれた神獣。優秀だけど、欲望に忠実なキツネ
フレイア
顔を変えられ偽りの記憶を植え付けられたフレア王女にしてケヤルガの所有物《おもちゃ》。ケヤルガを愛し尊敬する従者
セツナ
奴隷の身に落ちた氷狼族の天才。ケヤルガに救われ彼の所有物となる

イヴ
一周目では魔王、二周目では魔王候補の少女。現魔王に迫害されている黒翼族であり、魔王になり黒翼族を救うために旅をする
エレン
「政略」「軍事」に長けたノルン姫が生まれ変わった姿。ケヤルガたちに甘える少女。しかし、本質は変わっていない
クレハ
【剣聖】。ジオラル王国最強の剣士

「なっ、いきなり何を言う。
妾と婚姻を結ぶ？　正気か？」

「そんなにじろじろ見て。
わたっ、……妾の身体は
どこかおかしい？」

「グレンは一番すごいの。
誰かが壊れたとき、その代わりになれるの」
「つまり、今のグレンの役割は
時を司るというわけか」

回復術士のやり直し10

～即死魔法とスキルコピーの超越ヒール～

月夜　涙

角川スニーカー文庫

24053

C O N T E N T S

Illustration:しおこんぶ　Design work:木村デザイン・ラボ

プロローグ　回復術士は企む

翌朝、俺は赤竜人族の将校室に呼ばれていた。

そこに【改変《ヒール》】で緑の蜥蜴《とかげ》に姿を変えて訪れる。

俺を呼んだのは赤竜人族の英雄ヒセキだ。

見た目は二メートルを超える巨大な二足歩行の赤い蜥蜴。吟遊詩人がいくつもの歌を作り、歌い広めている中では美丈夫らしいが、悲しいことに蜥蜴の容姿の美醜など俺にはわからない。

ただ、彼は一流と呼ばれる男たちが纏《まと》うオーラがある。

そして英雄と呼ばれるに値するだけの威厳も持ち合わせていた。

もっとも俺をレイプしようとして、チ○コを切り落とされて、そのチ○コでケツを掘られておいて、武人面しているのは滑稽でしかないが。そのヒセキが俺を出迎え口を開く。

「お越しいただき感謝する……さて、どう呼ばせていただこうか。その仮初の姿で名乗ったのは偽名であろう？」

「ケヤルと呼んでもらって構わない。もう、ネタばらしはしたしな……【改変《ヒール》】」

俺の容姿が二足歩行の蜥蜴から、【改変《ヒール》】によって人の姿へと変わる。いや、戻る。

赤竜人族の村に入り込むため、赤竜人族の奉仕種族に姿を変えていたのだ。

「ケヤル……ケヤルということは魔王の懐刀。あの黒騎士か？」

「ほう、魔王城の外にもその名が広まっているとはな」

「あなたが思っているより有名人ですよ。ふっ、最強と呼ばれる黒騎士様に絡め手を使われては勝ち目がありませんな。だが、不可解だ。あなたの力であれば、内側にもぐりこめた時点で我らを一人一人消していくのは容易《たやす》かっただろうに。なぜ、我との交渉を選んだ？」

「実力行使しかないなら、そうするつもりだった。だが、意外と話が通じそうだったから方針変更をした。俺は赤竜人族を殺しに来たわけじゃない。鉄猪族を守るために来た。皆殺しにする前に襲撃はばれるだろ？　そうなれば人質の鉄猪族たちに犠牲者が出るし……打ち漏らした場合の報復が面倒だ」

赤竜人族は、最強の種族だ。

人の形をしているときですら、圧倒的な身体能力と魔力量、鋼鉄の刃でも貫けない鱗《うろこ》を持つ。

並の種族では相手にならない強さだというのに、成人した赤竜人族は竜に変化し、戦闘力は数十倍にも上昇する。

人の知恵を持った竜というのは恐ろしい。なにせ、竜というのは一軍をもって連携して対抗するべき存在。その竜が個人ではなく数を揃《そろ》え軍として有機的に連携して動くのだ。

なにより恐れたのが、やけくそになって魔王の支配下にある街や村を襲うこと。赤竜人族が本気になれば高速で飛び回り、村や街を一つ一つ焼いては逃げるなんてことも想像できる。

それをさせないために、いろいろと策をめぐらせていたのだ。

「ふむ、英断と言えるだろう。実際、我らが軍にもいるのだ。未来を捨て、我らを苦しめる魔王に一矢報いて果てようという輩《やから》が。我らは人にして竜。各地に散開し、それぞれが竜の姿で街を焼けば、甚大な被害を与えられましょう……だが、それをすれば我らは世界の敵となる。脅しとして使う分にはいいが、実行したくない切り札だと思っている」

想像するだけで恐ろしい。

人の姿をした竜にゲリラ活動をされたらたまったものじゃない、魔王が支配する街や村は数多《あまた》ある。それらすべてを同時に守るなど不可能だ。

しかも竜になって村を焼いた後は人に戻り、潜伏するのでそうそう見つけられない。

魔族領域が滅ぼされかねない。

「つまらない勘違いで剣を向け合う前に話ができて良かった。それで、俺を呼び出したってことは、おまえも俺と同じでうまくやりたいと思っているんだろう？」

「もちろんですな。その交渉の前にまず聞きたいことがある。我らのことを信じていただけますかな？」

彼が信じてほしいと言っているのは、先日彼から聞いた、赤竜人族も被害者だということについてだろう。

彼らの里は魔王軍によって苛烈な攻撃を受け、攻め滅ぼされ、住処《すみか》を失ったからこそ、鉄猪族の村を奪うしかなかった。

そして鉄猪族の村を襲ったのは彼らにとっては報復であり、こうなった原因は魔王軍だとも言っている。

ただ、それをはいそうですかと信じられるわけがなく、イヴに連絡をして裏を取っていた。

なにせ、イヴは赤竜人族をはじめとする前魔王に与《くみ》する勢力への迫害を禁じていた。魔王軍が赤竜人を襲撃することはありえないはずだった。

「まだ、結論が出ていない。……いや、ぼかした言い方は止《や》めようか。魔王軍は動いていない。少なくとも公には赤竜人族への攻撃を行った記録はない」

「そんなことはありえぬっ、なら、我らが里を襲った軍はなんだと言うのだ！」

「イヴに動いてもらったから間違いはない。魔王直々に魔王領を治める八大種族の長《おさ》全員に赤竜人族の里を攻めたのかと聞いた。その意味がわかるか？」

魔王の能力。それは魔族に対して絶対遵守の命令ができること。それを使った以上、絶対に嘘《うそ》はつけない。

少なくとも現魔王に仕える八大種族は赤竜人族の迫害にかかわっていない。

「ばかなっ。まさか、種族のものが長に無断で動いたというのか？　ありえぬ」

「ありえない。なんてことはありえないさ。俺は腐るほど〝ありえない〟ってのを見てきた。ただ、赤竜人族の里が襲われたのは事実だったと確認できている。……こういう事情で、調査に時間がかかっている」

現地には激しい戦闘の痕跡があった。

誇り高く、戦士を尊ぶ赤竜人族が、仲間の死体を放置して里を捨てなければならないほど惨《むご》い戦禍が刻まれていたと報告を受けている。

「すまぬ、取り乱した」

「いや、謝る必要はない。一族の存亡がかかっているのだからな」

「それにしても、どうしたものか。……いろいろと限界なのだ。これ以上、放っておけば、魔王イヴ殿にとっても我らにとっても望まぬ結果になる」

だろうな。

鉄猪族の村を占拠していることはすでに魔王軍に知られている。まだ上層部だけだが、この話が広まるのは時間の問題。

そうなれば魔王軍はすぐに奪還のために動かなければならない。なにせ、魔王軍を取り仕切る八大種族がいいようにされたのでは沽券《こけん》にかかわる。プライドにかけて赤竜人族を潰そうとする。

反面、赤竜人族のほうも魔王軍に里を滅ぼされたと思っており怒り心頭。

そして、なまじ強いばかりに魔王軍相手だろうと勝てると思っている。

先日、長のラグナ嬢の演説で戦意高揚しているのも追い風で、いつ暴走してもおかしくない。

このままではそう遠くないうちに戦争が始まる。

「時間がないのはわかっている。だが、時間がないと言って軽率には動けない。状況を整理しよう」

そう言いながら、思考をまとめていく。

それから、慎重に言葉を選び、口にする。

「赤竜人族の里を襲ったのは誰か？　現状考えられる可能性は三つある。一つ、自分たちの長にも知らせずに独断で動いた連中がいる。これならイヴに問い詰められても長から情報は漏れない」

「筋は通りますな」

「だが、さまざまな意味で考えづらい。最強種である赤竜人族相手だ。秘密裡《ひみつり》に動かせる程度の戦力で勝てるわけがないだろう？　自殺行為もいいところだ。それに赤竜人族を追い詰めればどうなるかなんて、誰でも想像できる。得られるものが少ない割にリスクが大きすぎる。赤竜人族の領地は豊かな土地だが、それでも割に合わない」

彼らの領地は、竜が住むだけあって、広く肥沃な土地で水が豊富。

痩せた土地しか持たず、食料と水に困っている種族は魔王側の八大種族にも存在する。喉から手が出るほど赤竜人族の持つ土地がほしいだろう。

しかし、最強種を敵に回すほどの魅力はない。なにせ、確実に報復で滅ぼされる。

「なるほど、では残りの可能性は」

「二つ目、反魔王の勢力が、魔王軍に赤竜人族をけしかけるために、魔王軍の攻撃と偽装した。これがありえる可能性だ。旧魔王のもとでいい思いをした種族は多い。イヴを殺して、新たな魔王を旧魔王派の種族から輩出し、権力を取り戻したい。そう考えている連中は多くいる。最強の赤竜人族が敵に回れば、魔王軍は甚大なダメージを受ける」

さきほども話題に出たゲリラ戦法。

あれをやられると、魔王支配下の統治が瓦解する。それほどまでに赤竜人族はやっかいで、だからこそ、利用したいと思う連中がいても不思議ではない。

「ふむ、我もありえるとしたら、それだと思う。最後の可能性を教えてもらおう。恥ずかしながら、想像もつかない」

「それが答えだよ。三つ目は俺たちが想像もできない何かが起こっている可能性。そもそも論で言えば、最強の赤竜人族が、なぜ負けた？　いったい、おまえたちは何と戦ったんだ？」

はじめの一歩の時点でおかしい。

赤竜人族は最強の種族。

その里が攻め落とされた？　ありえない。そのありえないが起こっている。

「種族はバラバラで、ただ、魔王軍だと名乗り襲い掛かってきた。確認できたのは、刃犬族、豪熊族、嵐鳥族、雷鹿族。多くの兵が死に、我が殿《しんがり》になり死力を尽くし、なんとか逃げる時間を稼ぎ、我らは流浪の民になった」

その中に、魔王の中枢たる八大種族はいない。

「戦闘向きの種族が多いな。だが、そんな連中が集まったところで、なぜ赤竜人族が負ける？　数か？　赤竜人族の里を襲うなら数万はいるが、数万の軍勢なんて動かせば絶対に痕跡が残るのに、それはない。俺相手に嘘をついているのか？」

秘密裡に動かせる数には限界がある。

数万もの兵を動かそうものなら、どれだけ巧妙かつ慎重に動いてもイヴの耳に入る。

「……そうだ、おかしい、そんな連中相手に負けるなどありえぬ。我が、いや、我が最強の軍が、なぜ負けたのだ？　なぜ？　いや、そもそもが、なぜ、そんなことを今まで疑問に思わなかった、なぜ？　我らが負けることなどありえない。グアアアアアア、あっ、頭が」

ヒセキが頭を抱える。

激痛にもだえていた。

なぜと繰り返す。

俺はなぜ負けたのかが気になっていたが、もっと言えば、ヒセキという生粋の軍人が負けるはずのない戦いに負け、なおかつそれに疑問を抱かないのが最大の謎だった。

軍人というのは戦場での仕事以上に情報戦を重視する。勝てる戦い以外はしないのが鉄則であり、そのためには情報の収集と分析が必須。それをしない軍人などはいない。

なのに、英雄とまで呼ばれたヒセキがそのセオリーに反した。負けたのはいいが、負けた事実と向き合い、分析と反省をするというプロセスがないなんてありえない。

脳裏に、世界が危ないと言ったグレンの言葉が蘇《よみがえ》る。

『もっとおかしいのはヒセキの記憶が【回復《ヒール》】したのに流れてこなかったことだ』

俺の【回復《ヒール》】は、回帰の性質を持つ。元の状態にするには、元の状態を知らねばならない。そのために相手のすべて、経験、記憶に至るまでが脳に流れ込んでくる副作用がある。だというのに、【回復《ヒール》】したのにヒセキの記憶が見られなかった。正しくは大部分を見ることはできたが、一部は靄《もや》がかかっているように隠されていた。

見られなかったのは、ヒセキの言う赤竜人族の里襲撃の記憶。

こんな経験ははじめてだ。

何もかもがおかしい。何かが起こっている。

「ヒセキ、俺も覚悟を決めよう。ラグナ嬢との面会、今日だったな」

以前から、ケヤルではなくヒセキに憧れる眷属《けんぞく》の青年として、彼らの長であるラグナ嬢との面会を頼んでいた。

それがようやく叶《かな》う。

「あっ、ああ、そうだ」

「その場で、俺の正体を明かそう。魔王軍の現時点における考えも伝える」

「まっ、待たれよ。一歩間違えば、戦争に」

「悠長だな、この状況、間違えなくてもそうなるし、そうしようと裏で動いている連中がいるんだ。俺もヒセキも魔王軍も赤竜人族もリスクを負わなければならない」

かなり面倒なことをイヴに押し付けることになりそうだ。

こういうときにエレンがイヴをサポートしてくれればと思うが、さすがに建国絡みの修羅場にいるエレンを連れてくるわけにはいかない。

それに、いつまでもエレン頼みじゃイヴも成長できない。

俺は現場型でもいいが、イヴは魔王だ。そろそろ自分の覚悟と責任で決断をするべきだ。

失敗してもいい経験になる。もっとも、そのいい経験の代償は数万、いや数十万の命だが。

どっちみち、このままじゃいつかそうなるだろうから、がんばってもらおう。

「我としたことがなんとぬるいことを宣《のたま》ったか。ふっ、覚悟は決めた。……黒騎士殿、我が主との謁見を頼む」

「それでいい。まあ、ここからは一蓮托生《いちれんたくしょう》だ」

「それはどういう意味の言葉だ？」

「それは……いや、なんだ、こんな言葉、この世界にあるはずがない。これは異国の、いや、別の世界の」

「ケヤル殿⁉」

「すまん、なんでもない。その、なんだ、俺たちのどちらかが破滅したら一緒に破滅するってことだ」

「ははは、なるほど。それをイチレンタクショウと言うのですな。まさに我らはそれですな」

ヒセキが笑う。

俺は笑い返し、思考を巡らす。
さて、ここからが問題だ。
最優先は赤竜人族との戦争回避。長のラグナ嬢がまともな人間であることを願おう。
停戦自体は問題なくできるはずだ。
いや、ただ戦いを終わらせただけでは面白くない。
こんな茶番を仕組んだ相手を突き止めなければな。

第一話　回復術士は正体を明かす

あれから、赤竜人族の長《おさ》との謁見に向けて、ヒセキと話を煮詰めていった。

魔王軍から突きつけるべき要求は決まっている。

だが、それだけではだめだ。

俺はあまりに赤竜人族の情報を知らなすぎる。

魔王軍の諜報員《ちょうほういん》を使っての調査は済んでいるが、彼らの能力はとてもではないが高いとは言えない。集めてくる情報の質も量も物足りない。全体像を掴《つか》むためのピースが足りない。

認めたくはないが、【砲】の勇者ブレットが育てたジオラル王国の諜報部隊がいかに優秀かを思い知らされる。

足りない情報はヒセキから聞き出し、可能な限り補うしかない。

予想以上にヒセキと話し込んでしまったみたいで、謁見まであと一時間しかなくなってしまった。赤竜人族の長であるラグナ嬢も話のわかる相手であればいいのだが……。

「これで一通り、聞きたいことは聞けた。俺は部屋に戻る。少し疲れたし、横になりたい」

「待たれよ。ケヤル殿。用件が終われば、すぐに立ち去るというのはつれないではないか？　……その、なんだ、我らの親交を深めよう。ケツが疼《うず》いて仕方ないのだ」

そこにいたのは英雄ではなく、雌だった。

……だからと言ってまったくうれしくはないが。

眷属である蜥蜴《とかげ》人間に化けていたときに、レイプされかけた腹いせに、それなりの報復をしたが今では後悔している。

なにせ、ヒセキは話せばわかるタイプであり、あれは必要なかった上に、竜人のおっさんのケツを掘っても何一つ楽しくない。

誘うのなら、美少女に生まれ変わってからにしてほしいものだ。

「……これから赤竜人族と魔王軍の命運を決める重要な謁見があるとわかっているのか？」

「だから、必要な話が終わるまで我慢したのだ！　我の哀れなケツ穴を見るがいい。ひくひくして、濡《ぬ》れそぼっておる。我をこうしたのはケヤル殿だ！」

こちらにケツを向けて、アナルを広げて見せつけてきた。

報復で掘ったときには、嗜虐《しぎゃく》心で最低限は楽しめたのだが、今やヒセキは仲間だ。純粋に気持ち悪い。

しかし、残念なことに利用価値がある。であれば、相応の対応をせざるをえない。

「仕方ない、可愛《かわい》がってやるか」

「おおうっ、ありがたい、ケアル殿、我のケツ穴をいじめてくれ」

こいつの働き次第で、数十万、いや数百万の民が救われるかもしれない。

今や魔族領域すべては俺とイヴのもの。俺の資産を守るためなのだから、多少はサービスしてやろう。

『記憶が消せれば楽なんだがな』

【回復《ヒール》】の記憶消去をやりたいところだが、あれの記憶消去はおおざっぱだ。あの夜のことだけを忘れさせるなんて真似《まね》はできない。

下手をすると今話した内容も飛びかねないし、それは困る。

……ああ、鬱陶しい。いっそのこと【改変《ヒール》】でヒセキを美少女にしてやろうか？

俺の【改変《ヒール》】なら性別は無理でも見た目だけは変えられる。少しはマシになるかもしれない。

◇

手早く、三十分ほど可愛がってやった。

俺の女のなかでは一番ちょろい、いや、一番感じやすい【剣聖】クレハよりも、よほど楽にいかせることができた。

ことが終わって、ヒセキは蜥蜴のくせに魚のようにぴちぴちと跳ねるように痙攣《けいれん》している。

これでは謁見までに使えるようになるのか？　と心配していたが、十分ほどで回復して、英雄の佇《たたず》まいを取り戻した。

駄目だ、これからヒセキが武人らしくしているだけで笑いそうになるかもしれない。

「ケヤル殿、我は新しい扉を開いてしまった。責任を取っていただきたい」

「いや、別に俺じゃなくても同族に掘らせればいいだろう。おもちゃじゃなくて、本物で掘ってもらえるぞ」

鉄のように硬い棘《とげ》付きチ○コなんてものを持っている種族。アナルもそうとうやばかった。

あれに入れたら、俺のアレがすりおろしになってしまいそうだ。

なので、今、やつをいじめたのは錬金術で作り出した即席のおもちゃだ。

「できるわけなかろう。我は英雄なのだ。我に憧れ、我が守るべき同胞に雌の顔など見せられるものか」

「……そこは気にするんだな」

英雄とはただの強い兵ではなく、士気を高めるための偶像であると言いたいのだろう。

とはいえ、こいつの性癖をどうにかしなければ、いつまでも俺がやつを満足させなければならない。無事、魔王軍に赤竜人族を引き入れたら、ちょうどいい相手を見繕ってやろう。じゃないと、こっちまで調子がくるいそうだ。

そんなふうに考えているとヒセキは重々しく頷《うなず》き、言葉を続けた。

「うむ、英雄の仕事というのは戦のみにあらず。英雄であることこそが最大の仕事なのだ」

「……大変だな、まあ、無理のない範囲で可愛がってやろう」

「ありがたい。約束であるぞ」

そんな馬鹿な雑談を終え、身支度を整えたころには出発しないとまずい時間だった。

俺たちは赤竜人族の長であるラグナ嬢のもとへ向かう。

多くの将校がやっているように接収した鉄猪族の家を使うのではなく、わざわざ簡易的な家を新たに建てていた。

軍本部としても使用しており、当然の用心だろう。

金持ちの家や、長の家というのは得てして緊急避難用の隠し通路などが用意されているものだ。それを利用しての暗殺などを警戒せねばならない。

いくら立派であろうと長の住居としては適さない。

「ケヤル殿、我が君に失礼の無きように。彼女は少々気性が荒い」

「それでよく長が務まるな」

気性が荒い長は強く見えるし、求心力を集められる。

しかし、人の話を聞かない。短絡的な判断をしてしまうという欠点も併せ持つ。

長として適性があるとは言い難《がた》い。しかし、激情すらもコントロールして利用する人物であれば話は別だ。交渉相手として信用できる。

そうでないなら、面倒なことになるかもしれない。

「心配なされるな、聡《さと》いお方だ。先日の襲撃で父上が亡くなられて、突如、長に祭り上げられたというのによくやっている」

ほう、そんな状況で民をまとめているのか。信頼を集めているのは先日の演説から見て取れた。

馬鹿ではなさそうだ。

あるいは、そんな状況だからこそ気性を荒く見せているのかもしれない。

「安心した、ラグナ嬢がいるのはこの先か」

「うむ、さきほどから気になっていたのだが、嬢という呼び方はなんだ？」

「いや、臆病なくせに、必死に強気な振舞いをするところがいじらしくて可愛くてな。なんとなく感覚でラグナ嬢と呼んでいたが、ヒセキの話を聞いて、ようやく腑《ふ》に落ちたよ」

ラグナ嬢を見るまでは、ラグナだとか、ラグナ様だとか、そういうイメージだった。

だが、あの勇ましい演説を聞いて、自然とラグナ嬢というのが俺のなかで定着した。

父が死んで悲しみ、突然民を任されて不安になり、そんな弱さを見せられずに強い振りをする哀れな女。

なんて可愛いんだろう。ああ、自覚したらやりたくなってきた。

ヒセキなんてゲテモノを食わされたせいか、ちゃんとした美女を犯したい。

「我が君を憐《あわ》れむか」

「不快か？」

「いや、ケヤル殿ほどのマスラオならば問題ない。むしろ、安心しましたぞ。そう思っていただけたのなら。多少の無礼は目を瞑《つぶ》っていただけますからな」

「お前も苦労しているんだな。あの子を支えていたんだろう」

「苦労などしておりませぬ。今はまだ未熟。なれど、長の器はある。彼女の成長を見届けるのが我にとって二番目の楽しみよ」

かっかっかっ、とヒセキが笑う。

本当にいい男だ。

ちなみに一番が何かとは聞かない。

いろんなものが台無しになるからだ。戦友としてこれから付き合うのなら良いところだけを見るようにしたい。

◇

それからラグナ嬢のもとへ案内された。正体をバラすのは会話の中でタイミングを見てという手筈《てはず》なので、今は赤竜人族の眷属《けんぞく》である蜥蜴人間の姿だ。

部屋を見て、感嘆の声をあげそうになった。

おそらくは赤竜人族の里から持ち出した宝によって部屋が飾り立てられていて、それがあまりにも美しい。

『あれほどの財、ジオラル城にすらなかったな』

なぜだかは知らないが、ワイバーンなどの下級竜種などを除き、大抵の竜種は宝を集めるのが好きという習性がある。

最強種と言われる赤竜人族のコレクションだけあって、なかなかに眼福だ。

無造作に置かれている翡翠《ひすい》を彫って作った壺《つぼ》。あれだけで、下手すると村一つの民が一年は食べていける。

となると、ラグナ嬢を彩る装飾品もまたすべてが一流。

一流の装飾品をいくつも無造作に纏《まと》えば、品位を失いそうなものだが、ラグナ嬢本人が持つ品の良さのせいか似合っている。

やはり、いい女だ。

そのいい女がむしゃぶりつきたくなる唇を震わせた。

「英雄ヒセキよ。おまえの頼みとあって謁見を許可したとはいえ、なにゆえこのような竜もどきのために妾《わらわ》の時間を割かねばならん」

「はっ、我が君。このものはただの蜥蜴ではないのです。我らが一族の光となるもの」

ヒセキが膝を突きながら、説明をする。

作法と言うので俺も膝を突き、頭を下げ、口を開く許可をいただくまでは黙っている。

「たかが蜥蜴が我が一族の光だと？　言うではないか。妾の耳にも入っているぞ。英雄ヒセキは腑抜《ふぬ》けた。愛妾《あいしょう》を囲い込んで、淫蕩《いんとう》にふけっておると」

正解だ。

ヒセキの喘《あえ》ぎ声はすごいからな。噂《うわさ》が立っても仕方がない。

よくそれで、英雄らしく振る舞わないといけないなんて言えたものだ。

ただ、まさかヒセキがケツを掘られているとは思わなかったのだろう。ヒセキのほうが俺を犯しているという噂になったみたいだ。

「我が君よ、本気でそのようなことを思っておいでか？　この英雄ヒセキが、愛欲に溺れ、一族を蔑《ないがし》ろにし、男娼《だんしょう》のわがままなどを聞いて、我が君に会わせると」

凄《すご》み、そうとしか表現できなかった。

数多《あまた》の戦場を駆け抜けた男にしか出せない王気《オーラ》。

ラグナ嬢の表情が引きつる。彼女の背後にいた護衛すらも表情が怯《おび》えを隠せていない。

本当にアナルが弱い以外は完璧な武人だ。

「すまぬ、妾が悪かった。英雄ヒセキの力、妾が誰よりも知っているというのに。では、聞こう。そこの蜥蜴よ。いったい、お主がどうやって赤竜人族を救うと言うのだ？　魔王軍との戦争で先陣を切るとでも言うのか？」

その目にあるのは間違いなく嘲り。

無理もないか、そう見られるように俺はこの村にわざわざ、やつらの眷属……いや、奉仕種族に化けて潜入したのだから。

このままでは対等な話などできようもない。予定よりも早いが頃合いだろう。

俺は笑いながら、顔を上げる。

「お望みとあらば、先陣を切らせてもらう」

「おいっ、貴様、不敬だぞ！」

俺の言葉遣いが気に入らなかったみたいで、ヒセキの剣幕《けんまく》に怯えていた護衛が怒声をあげる。

「ここまでは、あんたらの作法に従った……だが、勘違いしてもらっては困る。対等な交渉相手として、俺はここにいる。そちらが礼節を尽くすなら、俺もそうするつもりだった。だが、そうではないようだ」

　護衛の堪忍袋の緒が切れた。

　奉仕種族の蜥蜴が、竜である自分たちを舐《な》めたことがよほど気に食わなかったのだろう。警告すらなく、剣を抜き、最強種に相応《ふさわ》しい怪力と速さをもって斬りかかってくる。

『ああ、遅いな』

　剣に手を添えて受け流す。

　すると、護衛は空中を一回転し、地面に叩《たた》きつけられる。

　俺が腹を踏みつけると嘔吐《おうと》と共に気を失った。

「言っただろう？　礼節には礼節を尽くすと。ならば当然、暴力には暴力を、非礼には非礼で返させてもらう」

　ああ、気持ちいい。

　竜の試練なんていうわけのわからん試合じゃ、竜もどきと呼ばれる蜥蜴にしては強い程度に力を抑えなければならなかった。

　おかげでストレスが溜《た》まっていたんだ。

「お主はいったい何者じゃ？」

「では、改めて自己紹介を……【改変《ヒール》】」

俺は緑の蜥蜴人間から、本来の姿へと戻る。

「俺はケヤル。魔王の黒騎士と言えばわかってもらえるか？」

その自己紹介を聞いて、ラグナ嬢の表情が引きつった。

ああ、だめじゃないか。毅然《きぜん》とした長《おさ》として振舞っているんだろう？

これぐらいで動揺してはメッキが剝《は》がれてしまう。

それでは俺が犯すに相応しくない。

どうか、いい女であってくれ。そう願い、俺は赤竜人族と俺の女のために言葉を選び始めた。

第二話 回復術士は求婚する

黒騎士と名乗ったことで護衛の赤竜人たちが慌てふためく。いや、怯えていると言ってもいい。

なるほどヒセキが言っているように黒騎士の噂、とくに悪いほうは魔王城の外まで響いているようだ。

「なあ、ヒセキ。ラグナ嬢の護衛にはもっとマシなのを置いたほうがいいんじゃないか？」

別に俺より弱いからダメではなく、主の前で怯えを隠せないことが問題だ。

弱くても勇気さえあれば肉の壁にはなれるが、怯えて動けないカスなら置物と一緒だ。

ヒセキは苦笑しつつ口を開く。

「ケヤル殿が強すぎるのだ。恐れを抱くのも仕方あるまい。だが、恐れを隠せぬのはあまりにも情けない。……貴様らっ、腰が引けとるぞ！　死んでもラグナ様を守るという気概はどこに行ったあああああああっ！」

ヒセキの怒声に、護衛の赤竜人たちはより怯え、それからようやく自らの失態に気付き、気恥ずかしさで顔を赤くし、足を震わせながらでもラグナ嬢を庇《かば》うように立ち、剣を構えた。

　そんな護衛の後ろからラグナ嬢が俺を睨《にら》んでいる。

　彼女は情けない護衛と違い肝が据わっている。

「貴様が悪辣非道の黒騎士か。妾も貴様のことは知っている。魔王に歯向かうものを斬り殺す悪鬼であると」

「ひどい言いようだ。俺はただ魔王イヴが治める平和な世界を実現するためにがんばっているだけなのに」

　無駄な殺しをしたことはない。

　俺が望むのは平和。

　それを邪魔するやつは殺すしかない。だからそうする。それが何百万もの命を救う。

　ようするに俺に斬り殺されるやつは自業自得だ。

「平和な世界？　笑わせるな！　それは魔王イヴにとって都合のいい世界でしかない！」

「否定はしない。それが魔族の大多数にとって幸せな世界だと信じている。そこについて議論するつもりはない。俺とイヴがそう決めた」

　人間の世界はエレンが、魔族の世界はイヴが治めて、俺は俺の女たちと面白おかしく暮らしたい。

俺の描いた世界に不満を持つものが多いなんてことはわかっている。そんなものは知らない。

俺はそうなるように全力を尽くすし、それが気に入らない連中は立ちはだかればいい。全力で排除してやる。

「その平和な世界のために、妾が、赤竜人族が邪魔だから殺しに来たかっ。我らの里を襲い、父や、多くの同胞を殺したように！」

怒鳴っているようだが、泣いているようでもあった。

「それは今後の展開次第だ。今日は話をしに来た。別に魔王イヴも俺も殺したくて殺しているわけじゃない。必要だからそうしてきただけだ。むろん、ラグナ嬢も、赤竜人族も必要なら殺すが。俺は愛と平和が大好きだ。好き好んで血なまぐさいことなどするものか」

俺は復讐《ふくしゅう》に生きてきた。

復讐というのは、やられたからやりかえすということ。

俺は自分から喧嘩《けんか》を売ったことなどない。

ブレットみたいな変態どもと一緒にされては困る。

「我らの里を襲っておいてよく言う！　我らが何をした。旧魔王ハクオウが没したあとは、里以外の領地はすべて引き渡し、ただ静かに暮らしてきた。敗者としての責を果たしていた！　軍を差し向けられるいわれなどない」

完全に被害者面をしている。

そして、彼女の言うことは間違ってはいない。

かつての栄華にすがり、諦めが悪く反抗する多くの旧魔王派どもと違い、赤竜人族は富も領地も手放して静かに生きていくことを選んだ。

曲りなりにも平和だったのは、最強種族の彼らが大人しくしていてくれたからだ。

そうでなければ、魔族領域はいまだに戦火に包まれていただろう。

「そこに誤解がある。魔王イヴは赤竜人族を襲えなんて指示を出していない。あれだけ旧魔王時代に迫害されてきたというのに、旧魔王時代を治めた種族たちに対する報復を禁止している」

「信じられぬ。なら、妾の里は、なぜ襲われたのだ！」

「それは俺も知りたいところだ。だからこうして話をしに来た。鉄猪族の村が制圧されていることを知り、それでもなお、軍を差し向けていないのは、同情と誠意だと理解してほしい」

「ただ、軍の消耗を嫌い、仲間を見捨てただけだろう？　臆病者のしそうなことだ」

「いや、ろくに消耗などしないだろう。俺は英雄ヒセキより強い。その気になれば単身でも赤竜人族たちを蹴散らし、長のラグナ嬢を殺せる。軍の役目は残党狩りだけになるだろう」

まあ、その残党狩りの段階で赤竜人族にゲリラ戦法を取られれば、統治が破綻するぐらいの被害を受けるだろうな。

「ヒセキ、お主よりこいつが強いというのは本当か？」

「はいっ、一足先にケヤル殿の正体を知り、挑み、一対一の戦いで圧倒されました。我が軍で黒騎士を殺せるものなど一人もおりますまい」

「だから、お主は黒騎士の傀儡《かいらい》になったと言うのか⁉」

叱責のようで、どこか泣き声のように聞こえた。

ラグナ嬢がどれだけヒセキを頼りにしているのか伝わってくる。

そんなラグナ嬢にヒセキは微笑《ほほえ》みかけた。

「我が裏切るなどありえぬよ。ケヤル殿と話をし、真意を聞き、納得した。ならばこそ、赤竜人族が生き残るために交渉の場を用意した次第。もしケヤル殿が我らを滅ぼすつもりであれば、我は皆に危機を知らせ、命を賭して皆が逃げる時間を稼ぎ、果てたでしょう」

ヒセキは命をかけて俺を殺すとは言わなかった。それは現状を正しく理解しているからだ。命をかけたぐらいでは俺を殺せない。

しかし、ヒセキの実力なら襲撃を知らせ、仲間が竜になって逃げる時間を稼ぐことは可能。

英雄ヒセキのその言葉の意味がわからないほど間抜けならラグナ嬢は長にはなっていな

いだろう。実際にヒセキの意図が正しくラグナ嬢には伝わっていた。

だからこそ、いかに絶望的な状況かを理解してしまっている。

これでは俺がいじめているようだ。

できるだけ、優しい言葉をかけるとしよう。

「改めて言おう。魔王イヴは赤竜人族を消したいとは思っていない。彼女は平和を願っているんだ。そんな魔王イヴの願いを踏みにじった敵がいる。どうやら、それは赤竜人族にとっても敵のようだ……許すわけにはいかないだろう？」

魔王軍と赤竜人族は敵対関係ではないと改めて伝える。

その上でヒセキにも語ったように、魔王軍内部に裏切り者がいる可能性、旧魔王派が赤竜人族を襲うよう魔王軍にけしかけるために仕組んだ可能性、そのいずれでもない未知の脅威の可能性を説明する。

「つまり、裏切り者をあぶりだしたいから、我らの鉄猪族の村への襲撃を公にはせず、我らを利用して、黒幕を暴きたいと言うのだな」

さすがに頭が回る。

俺の狙いはそれだ。

現時点ではごく一部の信頼できるもの以外には、鉄猪族の村が占拠されていることを伝えていない。意図的に情報を止めている。公になれば魔王軍の威信にかけて報復する以外の選択肢がとれなくなるからだ。

そうすれば黒幕が望む結果になってしまう。

「その通りだ。だからこそ秘密裡《ひみつり》に協力関係を結びたい。また、この村と鉄猪族の人質を解放してもらいたい」

「協力はするが、この村を返すことも人質の解放もできない。里を失った我らに帰る場所はなく、人質は最後の命綱だ。秘密裡の協力など空手形と一緒。そんなもので命綱を手放したりはしない」

「それが命綱だと思っているのなら大間違いだ。おまえたちは、その命綱とやらで、魔王軍内の鉄猪族を裏切らせた。その事実は露見している。裏切りの事実は消えない。鉄猪族にもはや人質としての価値はない」

これは半分はったりで、半分は事実だ。

鉄猪族は裏切り者となった。それでもなお俺の感傷で生かしているが、ただそれだけだ。情はある、先代長への恩もある、しかしそれらは現長の裏切りを見逃して、人質を助けようと努力するところで売り切れだ。

ここから先、イヴを危険にさらしてまで守る義理はない。

邪魔になれば切る覚悟はできている。

「黒騎士殿、強がりはやめてもらおうか。解放しろと交渉をしている時点で、切り捨てられない証拠ではないか」

「正直に言おう。先代の鉄猪族の長《おさ》に個人的な恩がある。それだけが理由だ。だが、俺はイヴの騎士だ。イヴのためなら切り捨てる」

「……なら、せめて、我の民が安寧に暮らせる場所と、魔王イヴが裏切らない、我らが魔王軍に標的にされぬという保障がほしい」

気持ちはわかる。

長として当然の要求。民を守るためにはそこは最低限押さえなければならないところで
ラグナ嬢も譲歩できないだろう。

『この要求を拒否するわけにはいかない。住処《すみか》と安全の保障を用意するべきだな』

住処と安全の保障。どちらも難しい問題だ。

しかし、それを提示できなければ、結局は彼らとの戦争になる。

必死に思考を巡らせる。

妙案がひらめいた。これなら住処も安全の保障も解決できる。

「ラグナ嬢、あなたに覚悟はあるか？　一族のために身を捧《ささ》げる覚悟が」

「くだらぬことを、その覚悟があるから長になり、皆を率いている」

そうか、なら良心は痛まないで済むか。

俺の提案で被害を受けるのはラグナ嬢のみ。

身を捧げる覚悟があるなら何をしても構わないだろう。
俺は彼女に微笑みかける。
「よし、じゃあ俺と結婚しよう」
その場の全員が言葉を失った。
割といい案だと思うのだが、なんだこの反応は？
もしかして、意図が伝わっていないかもしれない。
皆が落ち着いたらもう少し詳しく話してみるとしよう。
そうすれば、わかってもらえるだろう。

第三話　回復術士は約束する

　ほとんど思いつきで俺はプロポーズしていた。

　赤竜人族の長であるラグナ嬢はその勝気な顔を赤く染めている……なんて可愛《かわい》い反応はなくただただ困惑していた。それに加えて若干の怯《おび》え。

　むしろ、それが当然か。

　なにせ、ほとんど初対面かつどちらかと言うと敵対関係だ。これで赤面やらのプラスの反応なら頭がおかしい。

「なっ、いきなり何を言う。妾《わらわ》と婚姻を結ぶ？　正気か？」

「正気だ。具体的なメリットを話させてもらおう」

　とは言っても、思い付きなので一分ほど考える時間をもらう。

　同時に検証し、十分に勝算があると判断した上で言語化していく。

「魔王軍と赤竜人族が協力関係を結び、鉄猪族の里と人質を解放するにあたり解決しなければならない問題は二つ。一つ、赤竜人族の住処がなくなること。二つ、魔王軍が赤竜人族を襲わない保証がないこと。ここまではいいな？」

「相違ない。このような状況で人質と拠点の解放などできぬ」

「なら、俺とおまえが結婚すればいいじゃないか」

よし、意外と早く説明が終わった。

「説明になっておらん！」

これで伝わらないか。エレンあたりだと説明すらいらず、結婚と言えば三秒で察してくれただろうに。仕方がない、嚙《か》み砕《くだ》いていくとしよう。

「まず、俺は魔王イヴの寵愛《ちょうあい》を受けている。その俺と赤竜人族の長が婚姻したとなれば、赤竜人族に喧嘩を売れるやつはいなくなる。それでも喧嘩を売ってくるやつは魔王に弓引くクソだ。そいつらは多分裏切り者で、殺せば万々歳というわけだ」

「……理屈はわかる。だが、現魔王軍は旧魔王軍に迫害されていた種族たちが中心だ。我らを引き入れることに反発はないのか？」

「魔王イヴが旧魔王軍への迫害を禁止している。これを言うのは三度目になるな。だが、あえて繰り返す。彼女は本気で平和を望んでいる。ただ治安を安定させるためなら、旧魔王陣営を血祭りに上げ、見せしめにして反発を抑制しただろう。その道を選ばず、復讐《ふくしゅう》の連鎖を絶とうとした。今の魔王はそういう魔王だ」

俺にはできなかったことだ。

俺は俺を苦しめた連中を許さない。やられた以上の苦しみを与え続け、最後まで走り抜けた。

だけどイヴは違う。

憎かったはずだ、殺したいはずだ、それでも未来のために許した。

そんなイヴのことを尊いと思う。強いと思う。だから、よりいっそう好きになったし守ると決めた。

「……わかった。妾が黒騎士と結ばれれば、ひとまずの安全は得られるというわけか」

「魔王に喧嘩《けんか》を売る馬鹿が出るかもしれないが、少なくとも、魔王軍すべてを敵に回すことはない」

「それで安心できるのか？」

「安心できるさ。俺と魔王イヴが先頭に立ち赤竜人族を守ることを誓うからな」

ラグナ嬢が息を呑《の》む。

それがどれだけ絶大な戦力かわかっているのだ。

俺とイヴを相手にして勝てるようなやつは存在しない。

「魔王イヴは、その話に納得するのか？」

「納得させるさ。イヴは俺の女だ」

「本当にいいのか？　黒騎士が魔王の情夫なのは聞き及んでいるが、だからこそお主と婚姻などすれば嫉妬で、妾も、民も……」

よほど怖い想像をしているのだろう。

イヴの実物を知らなければ無理もないか。

きっと想像のイヴは極悪な魔王らしい魔王なのだろう。

「安心しろ、イヴ以外にも俺の女は五人いるし、全員イヴと顔見知りだ。今更、一人二人増えたところでな」

「黒騎士殿はすごいのだな。それならば安全は保障されるかもしれぬ。ふっ、妾一人が犠牲になることで民が救われるのなら断りはすまい」

どこかラグナ嬢の表情に悲壮感と呆《あき》れが混ざっているのは気のせいだろうか？

「納得してもらえたようだ。婚姻は派手にしよう。イヴはもちろん現魔王軍の八大種族もすべて呼んで披露宴をすれば一瞬で話が広まる。赤竜人族に手を出せない状況を作り出せるだろう」

「先に根回しが必要ないのか？　たとえ婚姻するにしても、我らがしでかした罪が消えはしない。相応の人柱が必要ではないのか？」

鉄猪族の里を占拠し、彼らを使い魔王の暗殺未遂を起こしたことを言っているのだろう。

普通なら、一族郎党皆殺し。

やりようによっては責任者のクビをいくつか並べることでなんとか許してもらえるかも

しれない。それだけのことをしでかしている。

「脅された鉄猪族が魔王イヴの暗殺未遂事件を起こしたことは、魔王イヴと鉄猪族、そして俺しか知らない。つまり、鉄猪族が黙っていれば罪は消える」

「里を占拠された鉄猪族たちが黙っていてくれるのか？」

「黙っているだろうさ。赤竜人族のことを話せば、やつらが起こした暗殺未遂の話も表に出る。そうなれば示しをつけなきゃいけなくなる。人質の扱いが悪くなかったのも追い風だ。虐殺やら虐待があれば収まりはつかなかった」

幸いなことに鉄猪族の人質が置かれている状況は悪くなかった。

こっそりと地下牢《ちかろう》に忍び込んだが、まともな食事も提供されていたし、最低限の衛生管理はされていた。

さすがの俺も、人質のほとんどが惨《むご》たらしく殺されていたなんて状況であれば、鉄猪族の恨みを抑える自信はない。というより、したくない。

「なるほど……では、もう一つの問題。我らの住処はどうするのだ？」

「俺は黒騎士として、旧魔王を殺したり、裏切り者を粛正したりで功績が山程あってな。それに対する恩賞として広大な領地を押し付けられているんだ。赤竜人族みたいな少数民族なら余裕で養える」

領地なんてもらっても困るだけだが、功績に見合う恩賞がないというのは魔王イヴの沽《こ》券《けん》にかかわるということで押し付けられた。

なので土地余りなんていう贅沢《ぜいたく》な悩みがあった。

「黒騎士殿の話はうますぎる。そんな、都合のいいことがありえるのか」

「あるものはある。俺とラグナ嬢が婚姻するのであれば、赤竜人族まるごと俺の領地に移住するのも筋が通るだろう？　逆に言えば婚姻なしの移住は厳しい。それなりの建前がいる」

唯一、怖いのは。報告書でしか領地の情報を知らず、広さと農地に適した豊かな土地であるとは聞いていても実物を見たことがないことだ。

一度、赤竜人族とともに下見ぐらいはしたほうがいいだろう。

ラグナ嬢はなにやら考え込んだあと頷《うなず》いて口を開く。

「居住先と安全の保障が同時になされる。黒騎士殿と婚姻すれば、問題はすべて解決するというわけか」

「ああ。それだけじゃない。魔王イヴの懐刀である俺と赤竜人族が結びつけば、ふざけたことをした黒幕も慌てる。魔王陣営にとって最悪の敵を魔王イヴが引き入れるんだ。必ず手を出してくる。尻尾を掴《つか》むチャンスだ。俺はこの手しかないと思う。代案があるなら聞こう」

さて、理屈で動くか、感情のまま拒んで一族の滅びを望むのか。

ラグナ嬢を見定めさせてもらおう。

愚か者は俺の女にはいらない。馬鹿な女ならそれはそれで可愛いが、愚かな女は害悪だ。

「……お主の妻となろう。妾は身も心も捧げる。一族の安全だけは保障していただきたい」

「魔王イヴにその爪牙《そうが》を向けない限り、赤竜人族の安全を保障する」

俺はラグナ嬢の目の前に向かい、手を伸ばす。その手をラグナ嬢は取った。

雄の赤竜人族と違い、雌の赤竜人族は燃えるような赤い髪と瞳、それに尻尾と角がある以外は人間とさほど違いがないような感じがする。

守備範囲が広い俺とは言え蜥蜴《とかげ》人間は愛せない。

「なら、さっそく部屋で愛し合うとしようか？」

「なっ、いきなり何を言うのか⁉」

「妻になるのだろう？　ならば当然だと思うが？」

俺はこの女とやりたいと思っていた。そして、やりたい女が妻になったのだから、当然やる。

正直、困っていたのだ。

やりたいのだが、復讐の口実がなかった。復讐以外で、女とセックスに持ち込む方法を俺は知らない。

イヴとは一応恋愛で愛し合ったが、かなり特殊だったし。

今思えば、俺の女たちとの初体験もろくなものじゃない。

フレイアはフレア王女への復讐セックス。

セツナには未来を摑ませた。

クレハは媚薬《びやく》を使いつつの洗脳セックス。

エレンはノルン姫に殺された友の仇討《あだう》ちお仕置きセックス。

イヴだけはぎりぎり純愛。

ふむ、まあ、ラグナ嬢はケヤルガではなくケヤルとしてはじめてものにした女、和姦《わかん》から始めるのはまっとうでいいんじゃないかな？

「夫婦であれば……だが、まだ婚姻の儀を行ってはいない。我らは契りを重く見る。今日は許してもらえぬか？」

「それもそうか。とっとと結婚をしよう。移住と披露宴の準備を早急に進めようじゃないか。目標は二週間以内だ。さっそく一族の荷造りの指示を出してくれ」

「あまりにも早くはないか⁉　妾たちにもいろいろと準備が？」

「この状況で悠長にできるわけがないだろう？　赤竜人族は滅びの危機にある」

反論ができなくなり、口をぱくぱくしている。

それはそれとして、一つ聞いておかないといけないことができた。

「なあ、ラグナ嬢。赤竜人族のマ〇コはどんな具合だ？」

「頭がおかしいのか⁉　無礼にもほどがある！」

「いや、赤竜人族のチ○コのほうはふざけたでかさで、棘《とげ》まであるだろう。それを受け入れられるなら、ガバガバで鉄みたいなのかと思ってた……挿入して大丈夫なものかと」

ヒセキのものは人間と比べて規格が違いすぎた。

あれを受け入れられるサイズだと、逆に人間のだとすかすかガチガチで、まったく気持ちよくなれそうにない。

「我らは人の姿で交わらぬ。人のときは、おそらく、さほど変わらん。妾《わらわ》に経験はないが、好きものは他種族と交わるときだけ人の姿と聞く」

「安心した。まあ、試せばわかるか」

ドラゴンセックス、それはそれで一度見物してみたいものだ。

竜の体軀《たいく》を考えると、室内でできるとは思えない。俺の領地に住まわせてやれば、そのうち野外で誰かがおっぱじめるだろう。そう遠くない未来に見学できそうだ。

いや待て、今、好きものは他種族と交わるときだけ人の姿なんて言わなかったか？

じゃあ、蜥蜴人間に化けていた俺を襲おうとしたヒセキは好きものということになる。

ヒセキに目を向ければ、照れくさそうにして目を反らした。なるほど、やつは好きものか。

なぜ、こんなやつが英雄なのだろうか？

「ラグナ嬢も納得してくれたようだし、話は終わりだ。まあ、いろいろと聞きたいこともあるだろう。いつでも呼び出してくれ。こっちはこっちで、いろいろと準備をする。俺が不在時には、星兎族のアルタという男が話を聞く」

もう諜報員《ちょうほういん》を隠しておく必要もない。

指を鳴らすと暗闇から子飼いの諜報員が姿を現す。俺の愛人ラピスからの推薦だけあって優秀な男だ。

ラグナ嬢たちが驚くなか、ヒセキは動じていない。彼は気づいていた。俺から見ても完璧と思えるほどうまく気配を消していたアルタに何度か視線を送っていた。

「最後に聞かせてくれ、妾との婚姻を望んだのは、戦略的な考えのみか」

「だとしたら、形式だけで終わらせた。ラグナ嬢とやりたいのは、一目見て、いい女と思ったからだ。いじらしいじゃないか。一族のため、必死に強がる女の子は」

「なっ、なっ、なっ」

「その偉そうな口調、慣れてないだろう？　俺は自分のことしか考えられない人間だからか、誰かのために必死なやつには惹《ひ》かれるんだ」

イヴに惹かれたのは、恋人ごっこをしたいという興味もあったが、誰かのために本気になれる子だったからだ。

星兎族の族長キャロルとその娘ラピスを生かしたのも、それが理由かもしれない。美しいと、羨ましいと思った。ただ、使えるコマというだけなら、あんなリスクは負わなかっただろう。

話は終わりだ。

一度、魔王城に戻ろう。

それから、イヴと鉄猪族に事の顚末《てんまつ》を伝えるとしようか。

第四話　回復術士は帰還する

ラグナ嬢との結婚が決まり、俺はイヴの待つ魔王城に戻ると決めた。

足を赤竜人族が用意してくれると聞いたので素直に甘える。

足と言うのは竜形態の赤竜人族であり、最速の移動法だ。

いきなり赤竜人族が魔王城に現れれば騒ぎになるだろうが、むしろ都合がいい。

現段階でラグナ嬢との婚約を公式発表する気はないが、赤竜人族と俺に繋《つな》がりがあるという噂《うわさ》が流れるだけでも黒幕への牽制《けんせい》になるだろう。

「でっ、大英雄殿がわざわざ足になってくれるのはどういうわけだ？」

足を用意してくれと頼んだのは俺だが、用意された足は赤竜人族の大英雄にして、超変態のヒセキだった。

「魔王城に乗り込むのだろう。半端ものには任せられん……それに我はケヤル殿に乗られたいのだ」

背中に乗っているので表情は見えないが心底うれしそうな声音だ。

それにさきほどからヒセキの息遣いが荒くなっているのが気になる。

音速を超える速度で飛んでいる。きっと、このペースは彼にとってもきついのだろう。

だから息が荒くなっている。……そう、思いたい。

「無理をしていないか？　墜落されたらかなわない。安全運転で頼む」

「こやっ、危ないの⁉　ご主人様、グレンをしっかり守りやがれなの」

さっきまで少女形態で後ろにべったりとくっついていたグレンが子ギツネ形態になって俺の服に入り込む。

ふわふわした毛がくすぐったい。

身の危険を感じるとこいつはすぐにこうする。

「安心なされよ。我は欲情しているにすぎん。この程度の速さと距離でバテたりするものか。鍛え方が違う」

さすがは大英雄。俺が開発した飛行機よりも圧倒的に速い。

さらにはこれほどの速度でありながら滑らかな飛行。

大英雄の竜形態、その強さを改めて実感する。空でなら無敵だ。飛行機に乗った俺どころか翼を持つ魔王イヴですら勝てないかもしれない。

誰よりも高く、速く飛べる。

それがどれだけ厄介なことか……。

改めて、赤竜人族との戦争はごめんだと思う。

ヒセキほどの強さを持つものは少ないだろうが、ヒセキの劣化版が数百人いるのだ。対策を考えると頭が痛くなる。

魔王城にも航空戦力として竜騎士部隊はいるが、はっきり言って勝負にならないだろう。

「無理してないならいいんだ。息遣いが荒くて心配しただけだしな」

「ケヤル殿を背に感じる喜びが抑えられぬのよ」

「ご主人様、こいつ気持ち悪いの！」

「ははは っ、我も自覚しておるよ。だが、そんな我も悪くないとも思う。ケヤル殿のおかげで、我の世界は広がったのだ」

すげえなこいつ。

多少、魔術をかけたとはいえ、無理やり開発されてこんなふうに笑えるとは。

俺が無理やりケツを掘られたときは、そのことを根に持って国をいくつか滅ぼすような真似《まね》をしたというのに。

「魔王城が見えたな。高度を落とせ」

「いいのか？　魔王軍にとって我らは仇敵《きゆうてき》。高度を落とし発見されれば激しい攻撃を受けるだろう。我とて無駄死には遠慮願いたい。反撃してもいいのだな？」

「安心してくれ。赤竜人族なんてやばい敵が現れたら、魔王イヴは必ず先陣を切る。そしてイヴは甘いからまずは会話を試みるだろう」

「ほう、魔王自らが。なかなか剛気な」

「生半可なやつじゃ赤竜人族と戦いにすらならない。イヴは仲間を守るため真っ先に動く。そういう女だよ」

「かっかっかっ、気に入った。さすがはケアル殿が主と崇《あが》めるお方よ。血湧く、一度戦ってみたいものだ」

イヴにとっても赤竜人族は楽な相手ではない。

魔王権限による絶対遵守の命令は魔族相手には無敵だが万能ではない。声で届く範囲でないと意味がなく、空という広大な戦場ではあまりに心もとない。

さらにヒセキのように音速を超える飛行が可能であれば、音なんて簡単にかき消される。

やりようによっては、英雄ヒセキはイヴにすら勝ちうる。

そういう点でも危険だ。

そして、それがわかっていても出てくるのがイヴだ。

「俺の女を傷つけたらどうなるか、俺に説明させたいか？」

「ケヤル殿のお仕置き、想像しただけで疼《うず》くではないか。……冗談だ。そのように殺意を向けるな。我も無用な戦いは望まぬよ。ほう、もう来たようだ。優秀な探知系の魔術士がいるのか？　対応が早い」

「赤竜人族といつ戦争状態になってもおかしくなかったから、警戒させていたんだ」

いつ、空からの襲撃が来るかわかったものではない。

せめて、魔王城とその城下町ぐらいは迎撃できるように手配をしていた。

ちらりと黒い影が見えたかと思うと、あっという間に眼《め》の前までやってきた。

その黒い影が口を開く。

「あえて名乗るよ。私は魔王イヴ。礼儀として魔王権限は使わない！　まず話をしよう」

黒い翼の魔王が天空に降臨する。

圧倒的な強者として上から見下ろす表情。背筋が凍りつくほどの威圧感。だと言うのに気品すら併せ持つ。うむ、俺の前では可愛らしい少女で愛くるしい顔ばかりだが、こうしてすごむイヴもなかなかいい。

角度のせいかヒセキの背中に俺とグレンがいることに気づいていないようだ。

「ねえ、いきなり魔王軍の領空に侵入するなんて、赤竜人族は戦争をしたいのかな？　理由があるなら聞いてあげる。何も言わないなら死を与える」

事前報告なしの領空侵犯は明確な宣戦布告と受け取られても文句は言えない。

はじめからイヴは戦闘態勢のようだ。

イヴが魔力を練り上げていく。圧倒的な魔力。魔王に覚醒してから、彼女の力は規格外の高まりを見せ、俺ですら命の危機を感じるほど。

ただ魔力が強いだけじゃなく、隙がない。イヴは光の魔術、つまり光速の攻撃を得意とする。音速を超える竜であろうと光速を回避することは極めて難しい。

魔王権限による絶対命令が不発に終わっても光の矢で貫く二段構え。

「魔王権限による絶対遵守の命令こそが脅威……そう思っていたが、甘かったようだ。我の速さなら声という音など置き去りにできるが、彼女が紡ぐ光の矢からは逃れられぬな。あの光は我が鱗《うろこ》すら貫くであろう。ああ、久々に血湧く。血が滾《たぎ》る！　ケヤル殿、指示を。ないなら、我はあれに挑むぞっ！」

ヒセキの武人としての本能を多分に刺激してしまったらしい。魔王イヴ対竜形態のヒセキとの対決は見たいが、今はそんな場合じゃない。

「俺が話す。魔力を抑えろ。ごほんっ」

魔術を組み上げる。声を拡張するための風の魔術を使う。そして、声を張り上げた。

「イヴ、安心してくれ。彼は味方だ。いろいろと話がある。城に招いてほしい」

「ケヤル⁉　えっ、何がいったいどうなってるの？」

おかしい。イヴの反応は何も知らないもののそれだ。一応、赤竜人族の現状は数日前に諜報員を使って報告させていたはずなのに。

「詳しい話は城内でしよう。鉄猪族の長《おさ》ファルボを呼んでくれ。まずは、俺とイヴ、それにファルボ、それから赤竜人族のヒセキだけで話をしよう」

「えっと、その竜。あの大英雄のヒセキなの⁉　なんで、そんな大物が来るんだよ！」

「……おまえ、そこまで有名だったんだな」

「かっかっかっ。最強種赤竜人族の英雄ですぞ。当然ですなぁ」

ケツ穴を掘られてよがる印象が強すぎて、どうしてもそうは思えない。

人格はクソでも能力は優秀という人間は山ほど見てきたが、彼もその部類なのだろう。

◇

魔王軍の面々から、警戒心丸出しの目をいくつも受けながら、魔王城の中庭に着地。大地を踏みしめ、ヒセキは竜人に変わる。

それから、イヴの秘書にして親友の星兎族のラピスに案内され会議室に向かった。

現時点ではあくまで赤竜人族が魔王に対して和平交渉を提案してきたという体裁にしている。

赤竜人族の英雄との和平会談というだけあって、鉄猪族以外の八大種族も同席を願い出たが、それは断った。

いろいろと根回しをしないと、赤竜人族を滅ぼす以外の手が打てなくなる。

「ファルボ、話は聞いているな」

「一応は。ただ、改めてケヤル様から説明をいただきたい」

まだ青年と言える鉄猪族の長ファルボ。今回、俺に鉄猪族の里を救えと頼んだ張本人であり、友人の忘れ形見だ。

彼は一族を人質に取られていたとはいえ、イヴの暗殺を企てており、友人の息子じゃなければとっくに殺している。

それでも俺が見殺しにしてしまった彼の父への贖罪《しょくざい》として動いているのだ。

「ああ。まず、良い情報からだ。制圧時における死傷者以外、鉄猪族に怪我人《けがにん》も死者も出ていない。理由は二つ。一つ、あまりにも赤竜人族が強すぎて、鉄猪族に反抗する気が起きなかった。二つ、赤竜人族が理性的で人質の重要性を理解しており丁重に扱っている」

ファルボの表情にまず安堵《あんど》が浮かび、次に不満が顔に出た。

「なぜ、ケヤル様はやつらを殺さなかった！　そう約束してくださったではないか！」

まあ、そうなるよな。

あくまで占領下で死人が出ていないだけで、占領時には数多《あまた》の死人が出た。

無念だろう。その恨みを晴らしたいだろう。

「俺が約束したのは鉄猪族の村と人質の解放だったはずだが？　彼らを殺すのはその手段の一つ。そしてどうやら、今回は悪手になるみたいだ。……魔王軍を名乗る、何者かの軍勢によって赤竜人族の里が襲われた。彼らには、鉄猪族を襲う以外に生きる道はなかった。

彼らも犠牲者だ。赤竜人族と協力して黒幕を突き止めたい。でなければ同じようなことがまた起こる。そして、イヴを危険にさらす」

「そんなもので納得ができるか！　いったい、我が一族が何人死んだと思っている！　そのような事情、我らには関係ない」

「ああ、俺もそう思うよ。だが、それを言い始めると、魔王イヴの想《おも》いを踏みにじり、彼女を暗殺しようとした鉄猪族《おまえたち》を生かしておく理由がなくなるんだ。……どんな理由があろうと関係ないのであればな」

　ファルボが押し黙る。彼も長でどれだけ無茶《むちゃ》なことを言っているか理解する頭はある。

「俺は赤竜人族を皆殺しにするより、こんなふざけたことを仕組んだ連中を突き止めたい。むろん鉄猪族の村と人質は解放する。その約束は取り付けた。そうだなヒセキ？」

「うむ、我らの族長ラグナ様がケヤル殿の出した条件に合意した。近日中に我らは鉄猪族の村から退去すると決めている」

「ファルボ、これで納得してもらえないか？　誰一人として人質が死なず、村が返ってくる。そして、魔王イヴと黒騎士の名のもとに、おまえたちの裏切りは不問にする。……これが、おまえの父への恩でできる配慮の限界だ」

　ファルボが拳を硬く握りしめた。

　これ以上に平和的な解決法がないことはわかっているのだ。

そして、これは温情であることも。

「……かしこまりました。ですが、一つだけ、我らの意地を通させてください。この男を、もっとも多くの同胞を殺したこの男を！」

「ほう、我の首を差し出せと言うのか」

「いえ、そこまでは言いません。一発殴らせてください。その一撃に我らの無念をすべて乗せましょう」

「構わぬよ。それで、気が済むのであれば。だが、若造。そんなもので恨みを晴らすより、今後のために貸しにしておいたほうがいいと思うが？　ケヤル殿の策ではこれより我らは魔王イヴの手駒になる。我らへの貸しを作っておけば必ず役に立つであろう」

それは純然たる親切心からのアドバイス。温情とすら言っていい。

ヒセキなりに鉄猪族へ罪悪感があったようだ。

「いらぬ世話です。私の提案は変わりません」

「では好きにするといい」

ファルボとヒセキが席を立つ。

そして、ファルボが思いっきり振りかぶった。実戦ではありえないほどの超大振り。

鉄猪族の名の通り、その体毛は鉄のごとき硬さを誇る。

戦闘ではそれを活《い》かして戦う。

そう、今のファルボのように。

彼の毛が伸び、鉄の光沢を放ちながら拳にまとわりついて鉄塊となる。

ファルボが拳を振り下ろす、ヒセキの頰《ほお》に拳がめり込み、鉄よりも硬い鱗が弾《はじ》け飛ぶ。

まるでハンマーの一撃。二メートルを超える体軀《たいく》と、半トンにも届く重量のヒセキが回転しながら吹き飛んで、壁にめり込んだ。

ヒセキが体を起こす。顔の鱗が剝《は》がれ素肌が露出し、剣より硬く鋭い牙が折れ、彼は血と一緒に折れた牙を吐き出した。

「同胞の無念を込めたと言ったな。それに見合う、いい拳だ」

「ケヤル様、これで鉄猪族は納得しました。ただし、人質が帰ってこなかったときは」

「安心しろ、そのときは皆殺しに協力しよう。なんせ、イヴの名前まで出しての契約だ。それを裏切るような連中を生かしておけば魔王の沽券《こけん》にかかわる」

「怖いお人だ。だからこそ、我がケツが濡《ぬ》れる」

イヴが首を傾《かし》げている。意味が通じなかったようだ。

なんてことを口走るんだ。せっかくのいい空気が壊れるだろう。

イヴはとりあえず、聞かなかったことにしたらしい。にこやかに微笑《ほほえ》み、口を開く。

「これで問題解決だね。鉄猪族の村が解放されるんだから！」

「……イヴ、本当に帝王学を勉強しているのか？」

「失礼な、してるよっ！　ちゃんと、エレンにもらった課題だってやってるからね！」

　不安だ。もう少し実戦を経験させてやらないと。

「問題解決はこれからだ。里を奪われた赤竜人族の行き先を決めなければならないし、魔王軍を名乗り、最強種の赤竜人族の里を襲撃して里を奪うなんて化け物みたいな勢力がいる」

「忘れてないよっ、それは次に話そうって思ってたから」

「それに、赤竜人族と戦争したくないなら、鉄猪族の里を占拠した事実を消し去らないといけない。ファルボ、これはおまえにも協力してもらう。誰に何を言われようと、そんな事実はないと証言しろ。繰り返すが、それがイヴの暗殺未遂を忘れる条件だ」

「任せてください。先の一撃でこれまでのことは水に流したと言ったはずです」

　内心では割り切れない想いはあるのだが、納得してくれたようだ。

「でも、どうしようか？　空いてる領地はあるけど、赤竜人族の人たちってたくさん食べるよね？　彼らを食べさせられる領地って、思い浮かばないかも」

「俺の領地がある。ただ、俺の領地に招く口実に困っていてな……」

「そうだよね、ただ施しただけだったらいろんなところから不平不満が出ちゃうよ。敵だったあいつらを優遇してずるいって」

「ああ、そういうわけだから……赤竜人族の長、ラグナ嬢と結婚することにした」

「えっ⁉　おかしいよね、それっ」

「赤竜人族の長、ラグナ嬢はなかなかいい女でな。気に入ったし、俺の嫁にすれば、俺の領地に一族ごと招くのも自然だろう？」

俺の好色は有名だから、惚《ほ》れたからなんてふざけた理由で周りは納得するというか、諦める。

イヴが機嫌悪そうに睨《にら》んでいる、あっ、頬も膨らんできた。目も潤んでいる。罪悪感が……。

「ケヤルの浮気者っ！」

備え付けのクッションを顔面に叩《たた》きつけられた。

可愛らしい表現だが、膨大な力を制御しきれないイヴの全力だ、凄《すさ》まじい勢い。音速を超えてソニックブームを撒《ま》き散らし周囲に破壊を振りまきながら可愛らしいクッションが飛んでくるのはシュールだ。

「ごふっ」

この速度帯になると、もはや物体の柔らかさなど関係なく、その運動エネルギーだけで人体を破壊する。首の骨にひびが入った。

即座に神具、ゲオルギウスの【自動回復《ヒール》】が発動し、死ぬ前に骨が繋《つな》がる。

「俺じゃなければ、死んでいたな」

「ケヤルはいつもそう、なんなの、女をすぐ手籠《てご》めにしないと死ぬ病気なのかな⁉」

「いやな病気だ」

「反省してるっ⁉」

「いや、今回は必要だったからな。これ以外に穏便に済ます方法はない。イヴが代案を出してくれるなら検討するが？　何かあるか？」

「そっ、それは」

「イヴのためにがんばったんだ。褒めてくれないと俺も辛い」

「もうっ、そんな、悲しそうな顔、反則だよ。ううっ、私のためなんだね」

「ああ、イヴのためだ」

「それなら許すよっ。もう、私もラグナって子と挨拶しなきゃだね」

やっぱりイヴはちょろい。

それもまたイヴのいいところだ。

ヒセキが隣のファルボに問いかける。

「ファルボ、ケヤル殿と魔王イヴ様は、いつもあんなふうなのですかな？」

「あの、その、恥ずかしながら、ああいう感じです」

「ほう、ケヤル殿は魔王すら御すのか。……ふっ、ラグナ様、あなたはいい男と巡り合えた」

後ろでおっさん二人が何か言っているが、それは割とどうでもいい。

ちょっと機嫌が良くなったイヴにつけ込んで、このまま今日は愛し合うところまで持っていきたい。グレンとのエッチも悪くないが、やはり恋人とのエッチは格別。なにより、おっさんの尻を掘るのは飽きているのだ。

今日はイヴのなめらかな手触りの黒翼に包まれて眠りたいものだ。

第五話　回復術士は浮気する

ヒセキが難しい顔をしていた。

「我が主よ。これから魔王陣営の八大種族での会議を行い、その際に領地への我らの移住とラグナ様との婚姻を告げる手はずでしたな？」

「ああ、その予定だ」

そのためにここへ来た。

先に鉄猪族と話したのは気遣いであって、本命はそちらだ。

正式に与えられた土地を受け取り、領主となって赤竜人族を迎える。

「そのことですが、一つ進言を。今はそのときではありませぬ。現時点では我らとの関係は赤竜人族から和平交渉があったことのみ、領地については開拓を進めることのみに報告を留《とど》めるべきではないかと」

「その理由は？」

そう告げるとヒセキは己の考えを話した。

鉄猪族にも聞かれたくないみたいで俺の耳元でささやく。

なるほど理に適《かな》っている。

「わかったヒセキの提案に従おう。ファルボも、俺から聞いたことは漏らさないように頼む」

ヒセキはただの強いだけの男ではない。

政治、戦略にも長けている。

本当に有能な男だ。

「ヒセキ、おまえにはかなり負担をかける策だがいいのか？」

「ふっ、構いませぬよ。さてと、次の会議は我も同席してもいいのですかな？」

「ああ、頼む。黒幕がいるなら少しは焦ってくれるだろう」

せっかく魔王陣営を攻撃するために用意した駒が、和平なんて言い出しているのだから。

焦った結果、雑な動きをしてくれれば尻尾が掴めるんだが。

◇

八大種族会議が終わった。

ヒセキはあくまで和平を求めて俺に接触した。一番話が通じそうだからという姿勢を崩さなかった。

これから俺の領地に赤竜人族が移住するということも、ラグナ嬢との婚姻も伏せてある。

結局、赤竜人族との和平は結ばれた。

公式に真正面から赤竜人族から和平を求められて、それを断れば即戦争だ。最強種を相手にそんな真似《まね》をしたい酔狂な種族は八大種族にはいなかった。

だからと言って何が変わるわけでもない。もとから魔王イヴは旧魔王陣営への攻撃を禁じていたのだから。

変化があるとすれば、ヒセキが赤竜人族側から攻撃をしないと宣言したことだろうか？

その話が終わり、ヒセキが退場し賓客室へ案内されても会議が続いた。

それなりに長い間会議をしたが、八大種族から出てくる意見のほとんどが愚痴のようなもので心底うんざりさせられた。

だいたいが突然赤竜人族を連れてきた俺への嫌味《いやみ》だ。

みんな忙しいはずなのに、なぜ、こんなにも無駄な話をするのか。

おかげでさらっと切り出した、俺が領地を受け取り、領主になるために動くという報告は簡単に通った。みんな赤竜人族への対応と、俺への嫌味に精一杯で、スルーしてくれたらしい。

◇

面倒で疲れる会議が終わり、俺が思考にふけっていると甘い声が俺を現実に引き戻した。

「ケヤル様、上の空なんて失礼ですわ。私がご奉仕をしている最中ですのに」

そう言うなり、ふわふわの兎《うさぎ》の耳をした少女が俺のものを舌で刺激する。

「悪い。うっ。相変わらず、ラピスの舌技は極上だ」

ちなみに、今はイヴの部屋にいる。

彼女はシャワーを浴びているところだ。

その待ち時間に星兎族にして、イヴの秘書兼世話係が俺のあそこを洗っている。

俺の女のなかでも、もっともフェラがうまいラピスだ。

「ケヤル様、いつもより大きいですわ」

「こういうシチュエーションはなかなか興奮するな」

「私も浮気セックスは大好きですわ。あの子、ケヤル様と愛し合う前には入念に体を洗いますのよ。あと十分は大丈夫、ふふふっ、たっぷりご奉仕できますの」

「そうか、ならセックスもできそうだ」

「うふふ、声を抑えませんと」

ラピスがフェラを中断してスカートをたくし上げる。パンツは穿《は》いておらず、もうそこは濡《ぬ》れそぼっていて前戯などいらないぐらいに準備ができていた。

ベッドに腰かけたまま、手招きするとラピスは俺に寄りかかり、自分で腰を落としてきた。

融《と》けそうなほどの熱い膣《ちつ》。むちむちの太もも、大きく形のいい胸。

いい。少女の可憐《かれん》さを持つグレンもいいが、妖艶な大人の雰囲気を持つラピスもまたいい。

「ケヤル様のっ、素敵です。ケヤル様のを知ったら、他の男なんて、考えられなくなりますの」

兎が跳ねる。

ラピスは生来の甘えん坊。まるで自分のすべてを捧《ささ》げるように奉仕する。

そして、星兎族の驚異的な脚力は騎乗位で激しく動こうと、まったく疲れを見せず、俺の精液を残さず搾り取ろうとする。

「うふふっ、もう出そうですのね。出して、ケヤル様のお子をラピスにくださいなっ」

「ああ、容赦なく出させてもらおう」

レイプされているような激しい攻めをされれば、俺とて長くもたない。

数分にも満たない時間で、精を吐き出してしまう。

俺と同時に絶頂したラピスがもたれかかり、そして激しいキスを求めてくる。

舌を絡めているうちに、再び俺のものがラピスの中で熱く、硬くなっていった。

「名残惜しいですが、そろそろイヴ様がいらっしゃいます」

「掃除を頼む」

「はい♪」

ラピスが立ち上がる、俺のが勃起したまま引き抜かれた。それをラピスは丁寧に舐《な》めてから、布でふき取り、素早く俺と自分の着衣を整え、その場に匂い消しのポーションを撒《ま》く。

証拠隠滅が終わるのとほぼ同時にイヴがやってきた。

ぎりぎりだった。

「ケヤル、お待たせ。うわっ、すごい。股間がすごいことになってるよっ！」

シャワーを浴びてきたばかりで薄着のイヴが俺の股間を見て、驚き、顔を赤くする。

「イヴと愛し合うのを待ちきれなくてな」

「えへへっ、ちょっとうれしいかも。そうなるのも当然かもね。ケヤルの一番は私だもん」

ちょろすぎて、罪悪感が出てくるが、それもまた、この後愛し合うためのスパイスだ。

「では、イヴ様のご準備ができたので私はこれにて」

「うん、ラピス、あとで着換えをお願い」

「かしこまりました。イヴ様」

一流の秘書に相応《ふさわ》しい流麗な作法で一礼し、ラピスが部屋を出ていく。

太ももに俺がさっき吐き出した精子が伝っていて、どきりとした。

心臓に悪い。

「きゃっ」

イヴをベッドに押し倒す。

感づかれる前に、セックスにのめり込んでもらおう。

「いきなり何するのっ。ふふっ。もう、そんなに待ちきれないの？」

「ああ、たった十日だったが、イヴと離れ離れになって寂しかったんだ」

「もう、しょうがないなぁ。ケヤルは私がいないとダメなんだから」

とろんとした顔でキスを受け入れてくれる。

すまない、イヴ。浮気はするが、お前が一番大事だ。

クソみたいなことを心の中で言って謝る。

なぜだろう？　最近はだいぶクズから脱却してきたはずだが、自分でもどうかしているとは思う。

イヴの首筋に俺のものだと示すようにキスマークをつける。

自分でも不思議なぐらい独占欲が燃え上がっている。

なるほど、浮気をすれば、自分が浮気をされるかもと怯《おび》えるわけか。

これ以上、女を作るのは控えたほうがいいかもしれない。

第六話　回復術士は領地を得る

イヴと愛し合ってから、ベッドで睦言《むつごと》を交わし合う。

お互い裸で同じ布団に入っていると、なぜだかとても相手を愛《いと》おしく感じる。

イヴは素直で褒めれば褒めるだけ喜んでくれるから無限に甘やかしてしまった。

ちなみにグレンは俺の部屋でお留守番だ。

はじめは文句を言っていたが、山盛りの柔らかくて脂が乗った肉を出すと、そっちに夢中になってしまった。

今頃満腹になって爆睡中だろう。

「イヴ、明日から一緒に俺の領地を見に行かないか？　いろいろと報告は聞いているが、赤竜人族を迎える前に自分の目で見ておきたいんだ」

「恩賞なんだから変な領地は渡してないはずだよ。私も報告書読んだけど、すっごい豊かな土地みたいだね」

「……ただな、そんな土地がほぼ今まで無人だったたってのが信じられないんだ。何かあるんじゃないか？　この目で見ないと安心できない」

もともと旧魔王の支配下にあった領地だったが、そのときから無人の土地だった。

「言われてみたらそうかも。魔族領域の土地って基本痩せてるし、いい土地なら誰かが住んでないとおかしいよね。今日も食料不足って報告書が上がってきたし」

流浪の日々で、ろくに作物も育たない土地に追いやられた黒翼族だからこそ、その言葉には重みがある。

「まあ、行ってみればわかる。無理にとは言わないが、たまには魔王城を離れてゆっくりデートするのも悪くないだろう？」

「えっ、デート？　えへへデートかぁ、うん、なんとかするよ。だいたいの仕事はラピスに押し付けられるから！」

いいのかそれで？　……ラピスはイヴの秘書だが影武者もやっている。魔王業務の半分ぐらいはラピスがやっているらしい。

ラピスも苦労しているようだ。まあ、ラピスはラピスでいろいろと楽しんでそうだが。

浮気セックスを楽しんだ罪悪感が少しだけ薄れた気がした。

「じゃあ、決まりだな。明日は弁当でも作ろうか」

「ケヤルの料理久しぶりだね。楽しみにしてるよ」

さてと、それなりに手の込んだものを作ろう。

それから緊急時に備えて、長期保存できる携帯食料も作っておかねば。

グレンは味にうるさいキツネだ。携帯食料でも味が悪いものだと、拗《す》ねてしまう。

おかげで市販のものでなく手作りする羽目になるし、すぐに食べきってしまう。

◇

魔王城から五十キロほどの地点に俺の領地はあった。

イヴはデートと言われたからか上機嫌で俺にもたれてかかってくる。

「魔王城から距離は近いけど、ほとんど道らしい道がなかったね」

「というか、空を飛べないときついな。四方八方が崖で陸の孤島だ」

「はっ、はっ、はっ。我ら赤竜人族にとってはまったく関係ない問題ですな」

楽しいピクニックには、なぜか変態竜がついてきた。ついてきたというか、俺たちがヒセキに乗って空から領地を眺めているのだが。

まあ、彼ら一族の移住先だ。彼だって事前に見ておきたいだろう。

魔王城から近くはあるが、大きな山や谷を挟み、アクセスは最悪だった。

逆に言えば攻められにくいという利点でもある。

「空からだと速いな」

「だから竜騎士がいつも出ずっぱりなんだね。平和になってからのほうがお仕事多いのにも納得だよ」

ヒセキに乗っての空からの視察は歩きの何倍も効率的で、あっという間に領地全体をざっとだが見ることができた。

結論として報告書に嘘《うそ》はなく、移住先として申し分ない。

「豊かな土地なのは間違いないな。水量が十分にある川が領地内を流れているし、魚が豊富な湖、緑あふれて動物が多い森まである」

「じゅるり、向こうの草原にはいっぱい肉がいるのっ！　美味《おい》しそうなのっ」

「さっき、俺が作った弁当を食ったばかりだろう……それにまるまる太った羊に見えるが、あれは魔物だ。それも相当に強い」

かつて【回復《ヒール》】で得た記憶の中にある。

たしかトライホーンシープ。頭の両サイドだけじゃなく、正面にも角がある羊。

肉食ではないが、極めて縄張り意識が強い。テリトリーに入ると容赦なくその角で排除しようと襲い掛かってくる。

「魔物か動物かなんてどうでもいいの。問題は美味しいか、美味しくないかなの」

「グレン殿、あれの肉はなかなか美味ですぞ」

「竜の美味しいは信じられないの」

「ははは、足や腕は筋肉の塊。我ら好みで他種族の受けは悪いですな。ですが腹周りに脂肪をため込む性質がありまして、柔らかすぎて我らには物足りませぬが味は極上。あれほど甘い脂は他に知らぬよ」

「今すぐ狩りをするの！」

子ギツネがはしゃいでいる。

「狩りは後でだ。先に領主の館を見ておきたい」

無人の領地に、辛うじて領主の館だけは建築したと報告を受けている。

他には、もしも領民が確保できたときのために農地の開拓と水路の整備を頼んでいたが、計画通り進められているのかに疑問が残る。

というより、逆に進んでいるほうがおかしい気がする。

誰もいない、領主も興味がない土地。そんなところで真面目に働けるやつは変わり者だ。

「ふむ、館が見えましたぞ。なかなかに立派ではないか」

ヒセキの声に真っ先に反応したのはイヴだった。

翼をばさっと広げる。

「ふふん、当たり前だよ。仮にも旧魔王討伐の功労者へのご褒美だからね。旧魔王派の立派な屋敷をばらして運んで、組み立てさせたんだから」

「また、労力の無駄遣いを……いや、今回ばかりは助かったな。あれぐらいでないと、赤竜人族の長《おさ》を招くのに適さない」

「こうなることを私は読んでいたんだよ」

「へえ、すごいなー」

「あっ、絶対嘘だと思っているでしょっ」

俺はにっこりと笑うだけにとどめた。

こんな展開が読めていたら化け物だ。

「では、着陸しますぞ」

ヒセキが降下を始める。相変わらず見事な飛行技術。

この男は、足に使うなら世界で一番有能な男かもしれない。

◇

俺の屋敷は立派な洋館だった。

魔族の建築技術は人間と大差がない、むしろ優位なのではとたまに思う。

魔物という便利な労働力を使役できるのも大きいだろう。

「……空からも見えていたが、あれはすごいな」

「気持ち悪いの」

屋敷は丘の上にあり、領地を見渡せるように配慮されているのだが、そこから見える景色は地獄のようだった。

牛でも丸のみにしそうな巨大なミミズが五匹ほど土の上を泳いでいるかの勢いで地上に顔を出したり、潜ったりしていた。

「えっ、ケヤル。あれを知らないの？」

「ああ、はじめて見る」

「あれは開拓用の魔物だよ。どんな木でも岩でも食べちゃって、栄養たっぷりのフンにしちゃうんだ。そのうちフンが栄養たっぷりの土になるし、開拓が終われば、殺して肉にもできるんだよ。作物ができるまでのごはんにしたり、肥料にするの。あっ、でも注意が必要だよ。ほっといたら、巨大化するし増えちゃうしで森を全部食べ切っちゃうから」

「……言われてみれば、大ミミズがいる付近はいい畑になってるな」

「貴重な魔物だからね、普通は使えないんだから。ケヤルの領地だから特別なんだよ」

魔族の開拓はそこまで効率的なのか。

周囲の地形を見る限り、広々として邪魔な木の根も岩もない土地は元森だったのだろう。

森を丸ごと食って、畑に変える。

この規模の開拓を人の手でやれば、何千人もの人手と何十年もの時間がかかる。

この大ミミズを土産にしてやれば、エレンも喜ぶかもしれない。

いや、人間の世界で使うのは危なすぎるか。

「ほう、最高の土地ではないですか。ここに住めるというのはいいですな。あの大ミミズどもとトライホーンシープを肉にすれば冬越えも容易《たやす》い、これだけの農地なら今すぐ種付けできて冬までに十分な収穫もできそうだ」

「さすがに今から種付けして収穫は厳しくないか？」

忘れられがちだが俺は元農民だ。

農業のプロの俺の感覚では彼が言っていることは無茶《むちゃ》に聞こえた。

「人間基準ではそうですな。ですが我らは竜となり空から種や水を撒《ま》きますし、そもそも人の姿でも牛や馬以上の力がある。農作業も、何十倍も捗《はかど》るのだ。我らなら今からでも可能ですな」

ずるいな。俺はアルバン村にいたころ、地道に農作業をして、その苦労を知っている。

彼が言う力があればどれだけ楽ができるか想像できてしまう。

「これで一つ不安は消えたな。ただ、あの大ミミズを食うのは遠慮願いたいところだが」

「ケヤル殿、何を言う。あれほどのごちそうはなかなかないというのに」

「そうだよっ！　本当に美味しいんだからねっ！」

やはり魔族と人間は価値観が違うらしい。

少なくとも俺は、牛を丸のみできそうな大ミミズをうまそうとは考えられない。

◇

それから俺たちは領主の館に入る。

俺たちが来ることは事前に伝わっていたようで、もてなしの準備がされていた。

そして、ここを任されていたのは……。

「驚いた、君たちだったのか」

「ケヤル様、私たちを覚えてくださっていたのですか⁉」

「もちろんだ。無事で良かった」

黒翼族の少女たち。

俺が救えなかった、黒翼族の集落。そこのわずかな生き残り。

「イヴから聞いた。がんばって開拓してくれたようだな。おかげで何万人もの命が助かる」

赤竜人族と敵対すれば何万どころか、何十万人という単位で死んでもおかしくない。

「我からも感謝を。この地に移住できれば、我ら一族は安寧を得ることができるであろう」

「いえっ、そんな、ケヤル様に、ヒセキ様、私たちは、私たちの仕事を果たしただけです
……それに、少し、下心もありましたし」

申し訳なさそうに黒翼族の少女は体の前で手を振る。

「下心？」

「その、いつか、散り散りになった一族を集めて、それで、ケヤル様のもとで、いつかみんなで暮らせればと」

……俺は無神経だった。

黒翼族の大半は、あの集落で死んだ。しかし、黒翼族は一族が全滅しないように、少数ずつ各地に散らばっていて生き残りは少しだがいる。

イヴはそういうものたちを見つけて、魔王の威光がもっとも届く、魔王城の城下町に集めて守っているという現状。

だが、それが黒翼族にとって幸せかと言うと、そうじゃない。

城下町は栄えているが、どうしたってどこか息苦しい。また、八大種族のものたちが集まる故の競争意識や見栄《みえ》の張りあいがある。

それが好きなものはいい。だが、大抵の黒翼族は静かに暮らしたいと願っており、城下町の空気とは合わない。その点、ここはうってつけだった。

「悪かった。おまえたちの気持ちに気付かなくて」

「その、そんな申し訳なさそうな顔をしないでください。私たちが、ただ、そう思っていただけなので」

この土地を赤竜人族に明け渡すことは、もはや覆せない。

何かの形で償わねば。

功績をあげてさらに領地をもらうか？

「うむ、では、我らと一緒に黒翼族もここに住めばいいではないか」

「それは、いいのか？」

「我らは義を重んじる。ここまで開拓をしたのが黒翼族であるなら、その恩に報いよう。ケヤル殿に救われたもの同士、ケヤル殿の下で共に生きていこうではないか。むろん、黒翼族が我らを信用できないのであれば強要はしないが」

「その、いいのですか？　私たちは、その、敵同士で」

「我らは武人の一族だ。仕える主が変われば、敵も味方も変わる。我らが長がケアル殿と婚姻する以上、ケアル殿が我らの主となる。その主が守りたいと願うものならば我らは守るよ」

真の武人だからこそ、割り切れる。

この男は信用していいだろう。

「わかった。なら、俺の領地は、黒翼族と赤竜人族、共に過ごすことにする」

「はいっ、城下町にいるみんなにも知らせます。ただ、やっと開拓が終わったところで、家とか作るの全然で。今いる子たちだって、屋敷の余っている部屋を駄目なのに使ってて、みんなを呼ぶなんて」

「それも心配いらぬ。我らが来るのだぞ。これだけの木材があり、粘土質の土があり、我らの力があれば、百や二百の家、半月もかからぬよ。いや、〝あれ〟が使えればもっと早い。ケヤル殿もそれでいいな」

圧倒的なパワーはすべて解決する。

赤竜人族一人で人間百人分の働きをしそうだ。

「もちろんだ。力を合わせて、街を作っていこう」

恐ろしく平和的に話が進んで逆に驚いた。

「それはそうと、ここで開拓作業をしていたようだが、何か異変はなかったか？　住み心地はどうだ？」

「異変ですか？　このあたりは強い魔物が多いぐらいで、自然は豊かだから、森に行けば果実も山菜も動物も取り放題ですし、水も川だけじゃなくて、地下水も豊富で、天候も安定して、とっても住みやすかったです」

黒翼族の少女は首を傾《かし》げる。

いや、聞く前からわかっていた。彼女たちは健康そのもの。

快適な暮らしでないと、こうはならない。

しかも男がおらず、少女だけで過ごしていて生活に困っていない。

「……なぜこれほどの土地を誰もほしがらなかったのか。逆に気持ち悪いな」

理屈に合わない。

なにか、飛び切りの地雷がある、そんな気がする。

「そんなの簡単なの。黒翼族だから存在を許されているだけなの。他の種族なら、呪い殺されるから、みんな住まないの」

さきほどからお菓子に夢中だったグレンがはじめて口を出す。

「呪いだと？」

「やー、ここは神獣の領域なの。入っちゃダメなの。黒翼族は神鳥カラドリウスの眷属《けんぞく》だから呪われないの。他の種族ならとっくに死んでるの」

「なぜ、それを今になって言う」

「ここの神獣、だいぶ弱ってて空からじゃわからなかったの。そこの蜥蜴《とかげ》は運がいいの。ご主人様の庇護《ひご》下にあって、黒翼族の同盟者だから見逃してもらえたの。黒翼族を追い出すなんて言ってたら、たぶん呪われてるの」

「ははは、我は九死に一生を得たわけですな。うむ、義に厚く生きていてよかった」

これを笑い飛ばせるあたり、本当に器が大きい。

「なるほど、それなら納得だ。道理で誰もほしがらないし、住まないわけだ」

「でも、神獣に受け入れられてる種族なら最高なの。祝福を受けてる分豊かなの」

まあ、それはそれで他の種族を招きにくいというデメリットはあるが、それ以上に土地の豊かさ……何よりも安全というのがいい。なにせ、侵略者は呪われてくれるのだから。

「教えてくれて、ありがとう」

「誠意は言葉じゃなくてお肉なの」

「わかった、用意しておく」

「約束なの！」

なんだかんだ言って、グレンは役に立つ。肉で済むなら安いものだ。

そう言えば、あの巨大ミミズは美味らしいし俺の分もグレンに押し付けてみようか。

「あっ、それと、ここに住んでる神獣が声をかけてきたの。ご主人様に会わせろって」

「わかった。今すぐがいいのか？」

「やー、けっこう急ぎっぽいの」

まったく、最近息つく暇もないな。

おそらく、世界の滅びについて何かを聞かされるのであろう。

面倒だが、いろいろと話を聞いておくべきだ。

第七話　回復術士は開き直る

子ギツネ姿のグレンのあとをついていく。

尻尾がぴょこぴょこと揺れていた。かなり上機嫌な様子だ。

「うーん、ここは空気が美味《おい》しいの！」

「そうか、じめじめして不快だが……」

巨大ミミズが元気よく森を食い散らかしている、その向こう側には沼地が広がり、その奥に洞窟があった。

今は洞窟の中を地下へ地下へ進んでいる。

せめてもの救いは鍾乳洞《しょうにゅうどう》だということか。

「貴重な鉱石がこれでもかとあるな」

「魔力と神気が溢《あふ》れてるの。鉱石とそういうのが結びつくと、みんながほしがる石になるの」

魔力や神気そのものが結晶化する、あるいはそれらと相性がいい鉱石が変質することで希少で魔石とよばれるものとなる。

人工的に作り出そうとするものが後を絶たないし、実際に基礎理論はできている。

ただ、まともな大きさにまで育てるのに何百年もかかってしまい実用化に至ってはいない。

そんな貴重な品が、ごろごろと転がっていた。

「小国なら、国家予算を十年ぐらいは賄えそうだ」

「こんなの好きなだけ持っていけばいいの。グレンたちにとって、う○こみたいなもんなの」

「そういえば、グレンが排泄《はいせつ》しているのを見たことがない」

「神獣はう○こなんてしないの！」

そのくせに愛液や唾液を分泌するのはどういうわけだろうか？

まあ、神獣なんて不思議生物をまともに考察しても時間の無駄だ。

「足元に気をつけるの。ここから先は、けっこう危ないの」

「来たことがない土地なのにずいぶんと詳しいんだな」

「んー、将来的にこの土地はグレンに引き継がれるから情報は前からネットワークを通じて共有されてる。ここにいる神獣はもう死にかけなの」

もしかしたら、代替わりもグレンが成長している原因なのかもしれない。

旧《ふる》い神獣が死に、その力と記憶を新たな神獣に引き継いでいるなんて仮定もできる。

あとネットワークとはなんだ？　図書館みたいなものなのか？

「うーん、まあ、だいたいあってるの」

「心を読んだな」

「ご主人様とは魂で繋《つな》がってるの。たまーにわかる」

たまにで良かった。

全部読まれたら面倒なことこの上ない。

「大人の神獣になったら、ちゃんと敬うの。そして、高くて美味しい肉を毎日献上するの」

「そうしてほしければ威厳を身につけろ。献上させたくなる神様になれ」

「なんで神が下々のものに気を使わないといけないの？　面倒なの」

きっとこの子は、成獣になってもこのままなんだろうな。

そのことがおかしくて、どこか喜んでいる自分がいた。

◇

それから一時間ほど地下に潜り続けただろうか？

幸いなことに、そのあたりに転がっている魔石のおかげで周囲が照らされている。

奥に行けば行くほど、神気が強くなる。

もはや肌に感じるなんてレベルではなく、粘り付き、絡みつく。まるで油をかき分けて進んでいるようだ。

「……本当に死にかけなのか？　神鳥カラドリウス以上の圧を感じる」

「うーん、燃え尽きる前のアレなの。美味しいの」

よくよく見ると、あたりに満ちている神気がグレンの中に吸い込まれている。

ただでさえ美しい毛並みがより輝いているのは気のせいではないだろう。

「お決まりの試練とかはないのか？」

「ご主人様は鬼畜なの。死にかけの神獣に対する配慮がないの。試練なんて無理なの」

「ないならないで構わんのだが」

試練を期待していなかったと言えば嘘《うそ》になる。

神獣たちにとって、試練とご褒美はセットだ。神獣のご褒美は極めて魅力的。

今更、これ以上強くなっても戦う相手がいないと思っていたのだが、世界の危機なんてふざけたことになっている。

力はあればあるだけいい。

俺はグレンに案内されるがまま洞窟を進んでいく。

「向こうの部屋なの」

部屋と言う割に、扉なんてものはなかった。強いて表現するなら空間に浮かぶ、青と黒の渦。

時空が歪《ゆが》んでいる。

どこに繋がっているのか？　戻ってこられるのかわかったものではない。

「こやんっ」

グレンが宙返りして、少女形態になり、俺の手をぎゅっと握る。

「ここから先、グレンの手を放しちゃだめなの。一生、時間の狭間《はざま》に取り残されちゃうの」

「……行く気が失《う》せることを言うな」

グレンの手を強く握り返し、俺は渦の中に足を踏み出した。

◇

足を踏み出した瞬間、黒い空間に躍り出た。床がない、天井も、壁もない。

周囲には、無数の光点が輝いている。

「むう、宇宙なんかに連れてくるななの。ご主人様が混乱するの」

「うちゅう？　聞いたことがないな。それはなんだ？」

「ん？　えっと、空の向こうなの。月とか、星とかがあるところなの」

空の向こうか、想像もしたことがなかったな。

「じゃあ、あれは流れ星か」

「宇宙《そら》を見るの！　鳥だ！　飛行機だ！　いや、神獣クロノスだ！　なの！」

「なんだ、その妙にテンポがいいフレーズは」

「なんとなくなの！」

流れ星に見えるものがこちらに向かってくる。

あんなものが衝突すれば跡形も残らない。一応、防御用の術式を組んでおく。

流れ星は落ちながら光がほどけていき、黒い男が現れた。肌が黒いなんてレベルではなく漆黒。身にまとうは金の衣と王冠。

「よくぞ来た。世界を破滅に導くものよ」

「……いきなり、ひどい言いがかりをするものだ」

同じ神獣でも、グレンと違い威厳がある。

「自身の罪も知らず、知ろうともせず、自らが病原菌でありながら、したり顔で世界を救うと自己陶酔にふける。なんと愚かな道化だ」

「いい加減、したり顔で上から説教をされるのは飽きてきたんだ。わかっていることがあるなら言え、言えないのなら放っておけ、俺は俺の見えているもので判断することしかできない」

俺が間違っていないとは言い切れない。

いや、おそらく間違っているのだろう。

これまで俺が思う正しい判断をしてきた、その結果が今だ。それはあくまで俺が見えている情報をもとに判断した結果。

前提が変われば、正しさなど容易にひっくり返る。何か俺の知らない前提条件が存在しており、それをこのどや顔で説教する神獣クロノスが知っているのなら、俺が行ってきたすべてが間違っていることだってありえる。

「悪びれないのだな」

「当たり前だ。この世の情報すべてを手に入れられるなら、いつだって正しい判断ができるが、そんなものは不可能だ。そのときに見えているものだけで決断するしかない。知りうることを知らずに誤ったのなら後悔もしよう。だが、おまえらが黒幕面して隠している情報なんて知るか。どうせ、制約だのなんだので今回もはぐらかすんだろう」

全力を尽くしたと胸を張る。

そうしなければ、俺についてきたものたちに申し訳が立たない。

それは責任の放棄ではない。

状況が変われば、新たに得た情報をもとに、その場でまた判断をする。

その繰り返しで前に進む。その覚悟がある。

「思ったよりもいい男だ」

「やー♪　グレン自慢のご主人様なの」

「君のほうは、我の後継者としてはいささかどころではなく不安なのだが」

「んー、それも大丈夫なの。グレンの性格は、ご主人様たちに気に入ってもらうためのなのー。神様になったら、神様っぽくやるの。恐怖政治なの！　気に入った人だけ、空飛ぶ船に乗せて、地上は津波でお掃除して世界を作り直しするの」

「……それは冗談で言っているのだよね」

「可能性の一つなの！」

グレンが成獣になればそんなことまでできるのか。

「さて、本題に入らせていただく。君をここに呼んだのは、嫌味《いやみ》を言うためではない。最後に、世界を維持するためにできることをしようと……まあ、見ての通り、我は滅びる。わずかに残った力と知識をそこの娘に引き継いでいる最中だ」

「老いぼれ神気、美味しいの！」

グレンの尻尾の毛のてかてかが増している。

「遠からず、我はすべてを吸い尽くされて消滅するだろう」

「なんだ、遺言でも聞いてほしいのか？」

「ああ、そんなところだ。我ら神獣は世界を維持するために用意された駒だ。そして、世界を壊すための駒もまた用意されている。この世界を盤上としたゲームがあるのだ……盤上のものにルールは破れな」

そこでクロノスの表情があまりの苦痛に歪む。顔にひびが入り、血の代わりに砂がこぼれる。

俺は黙って、その姿を見届ける。

「このように駒には許された世界への干渉と、許されざる干渉が存在す……くっ。ようするに、世界を舞台にゲームをして、それを余興にしているものが……いる。ゲームだからこそ、戦力が拮抗《きっこう》し、バランスが取られ……」

話せば、話すほど、時空神クロノスと名乗った神獣は壊れていく。

「そんな中、君は、禁じ手を行った、勇者による、勇者の殺害。魔王と勇者、均衡するはずのバランスが壊れ……、力の総量が、拮抗できなっ……」

俺は何一つ口を挟まない。

彼の意図を理解しているからだ。今ここで一秒でも彼の言葉を聞き逃してはいけない。

「これ以上、勇者を殺すな、誰一人。もし殺したのなら、君が起こした、最初の『あやまち』をなかったこ」

そして、彼は壊れてしまった。

「老いぼれ、ありがとうなの。新生神獣グレンが褒めて遣わすの」

「俺に情報を伝えるために自殺したのか？」

「どっちみち、グレンが生まれた時点で消滅は決まってたの。早いか遅いかの違い。クロノスは人が好きな神獣なの。だから、グレンに全部力を渡して抜け殻になった後なら、壊れてもいいって思って、ペナルティ覚悟で情報を渡した」

彼の言うルールによると、神獣は人に伝えられる情報に制限がある。

それを破ることで、ペナルティを受ける。

軽度のものであれば、この前、グレンがのたうち回っていたように苦痛だけで済む。

しかし、神鳥カラドリウスが俺たちに禁止情報を教えた際に不可逆に存在の力といくつかの能力を失ったかのように、情報次第ではとても重い処罰を受ける。

そして、神獣クロノスは己が消滅するに値する情報を俺に与えてくれた。

「勇者をこれ以上殺すな……勇者は死ねば、新たな勇者が現れるという決まりだが、勇者同士で殺し合えば、リソースの消失……世界を守る側の力、その総量が減るということか？　ただ、生死の数だけで考えるなら、こちらも魔王を殺していて問題ないはずなのに……そして、勇者を殺せば最初の『あやまち』をなかったことにしろか。俺がやり直して、勇者を殺したことが最初の『あやまち』なら、もう一度やり直して、それをなかったことにしなければならない」

世界の命運をかけたゲームがあると仮定し、そしてそのゲームは俺が勇者を殺したことで不利になっている。

あの口ぶりでは、次に勇者を殺せば完全に詰む。

その状況でも、やり直せば盤面をひっくり返せる。なんて有益な情報だ。

「まあ、グレンは死にたくないし、力を失いたくないから、クロノスみたいにルール違反はやらない。でもご主人さまの力になりたいから、すっごくふんわり言うの。グレンは政治家にもなれるかしこいキツネなの」

少女形態のグレンが、さきほどまでクロノスが着ていた黄金装束を身に纏《まと》いどや顔する。

「神獣は、それぞれ役割が違うの。神鳥カラドリウスは病気を操るってのは建前で本当に操っているのは生死なの。他にも自然を操るとか、光と闇を操るとか、いろいろいてクロノスは時を操るの。ちなみにグレンは一番すごいの。誰かが壊れたとき、その代わりになれるの」

「つまり、今のグレンの役割は時を司《つかさど》るというわけか」

「ご想像にお任せするの。答えるとやっべえの」

本当に政治家みたいだ。だが、察することができる。

「時間を操る神獣様の協力があればイヴの心臓を抉《えぐ》らなくても、俺の【回復《ヒール》】でやり直せそうだな」

「ご想像にお任せするの」

と口で言いつつ、なんとなくそうなの！　という雰囲気を発している。

けっこう、神のルールはガバガバだ。

「……だが、それは俺の信念に反する。俺はかつて、ブレットとの決戦で、巻き戻しを強要されて、それを跳ねのけた。巻き戻して、俺が過ごした時間を、俺の女との出会い積み重ねた想《おも》いを捨てたくないと願った。それは今も変わらない」

グレンの力を借りずとも、状況がそこまで悪いのなら、今からイヴの心臓を抉り、巻き戻せばいい。イヴを殺してしまうが、それでもイヴを殺したこと自体がなくなるのだ。

だけど、巻き戻した先で出会う、イヴも、セツナも、フレイアも、クレハも、エレンも、ラピスも、全員、俺が知る連中じゃない。

彼女たちを失いたくない。

「グレンの力はすっごいのっ、これはご主人様の言葉に対して言ってるわけじゃないの。ただの自慢なの。記憶を時空の中に閉じ込めて、取っておくぐらいのことはできるかもなの」

「そうか。俺の【回復《ヒール》】で世界を戻しても俺と俺の女たちの記憶は残せる〝かもしれない〟」

「そう、できるかもなの。やってみないとわからないの。だから、時間を戻さず、普通に世界を救ってほしいの……グレンも、あいつらのこと嫌いじゃねえの。忘れたくないの」

グレンが顔をしかめた……さすがにこういう詭弁《きべん》は通じないか。

「あっ、それから。今まで、グレンの力を貸してやってたけど、グレンはちゃんとした神獣になっちゃったから、もう力貸せねーの。ルール違反になるの。グレンを頼るななの」

「……まさか、ここに来て戦力ダウンか。これだけの情報をもらえたなら割に合う。そろそろ戻ろう。一応、帰ったらごちそうを作ってやる」

「やー♪　うれしいの」

「グレンが大人になったお祝いだ」

このずるがしこいキツネは、それなりに俺たちのことを考えていてくれた。その礼もしたい。

戦力バランスが崩れた。それがどういう結果を出すのだろう？　今、できることは、どんな結果を出そうと対処する準備をするだけだ。

第八話　回復術士は招き入れる

屋敷に帰ってくるなり、黒翼族の少女たちに出迎えられ、断っても甲斐甲斐《かいがい》しく世話をされてしまった。湯浴《ゆあ》みし、着替えて、清掃の行き届いた広い自室に案内される。

領主の部屋として、俺がいつ来てもいいように用意されていた部屋は清潔で家具も俺好みで居心地がいい。

グレンは疲れたと言い、俺のベッドで子ギツネモードになって丸まって眠っている。

「神獣どもは、気まぐれにとんでもない爆弾を投げ込んでくる」

そうぼやいて、一番身近にいる神獣のグレンを撫《な》でる。

神獣のことは考えつつも目下にせまった問題を解決せねばならない。

赤竜人族の移住問題だ。

こっちを放っておけば、すぐにでもまた魔族同士の戦争が始まる。

『まあ、世界が滅びる条件も俺自身が勇者を殺すことだし、そんなことはそうそうないし、しばらくは放置して問題ないだろう』

敵をうっかり勇者と知らずに殺してしまうなんてことはそうそうないはずだ。

気をつけていれば済む話だし、勇者を殺さなければいけない状況でも俺以外に殺してもらえばいい。俺の周りには普通の勇者なら軽く捻《ひね》れる猛者が揃っている。

ただの奴隷だったセツナですら、今では普通の勇者よりは強い。

「問題が一つあるとすれば【砲】の勇者ブレットをこの手で殺せないということか」

俺の最後にして最大の復讐《ふくしゅう》相手。

最初は俺自身の手でやつを拷問し、苦しみを与えた。

だが、やつは俺がどんな痛みを与えようと、俺からの愛だと認識し、快楽に変換し、よがり絶頂する。常人なら数分で泣き叫び殺してくれと言うものや、人体を不可逆に壊すような取り返しのつかない傷や欠損を与えてもそれは変わらなかった。

だから、俺は手を引き、特殊部隊の中でも極めつきのサディスティックなやつらに拷問を任せた。

死なせないようにしつつも絶えず地獄の苦痛を与え続けて心を折ろうとしている。命乞いを始めれば、俺に連絡が来ることになっていた。

そこまで追い詰めてから、俺がこの手で命を刈り取る。

そうすることで復讐が完遂するはずだった。

椅子に深く座り体重を預ける。

「……なんでだろうな。俺の描いた復讐プランが潰《つい》えたのに悔しくない。俺も丸くなったのか？」

かつての俺なら復讐がすべてだった。

ブレットの心を折り、絶望したところを自らの手で殺すことで復讐を完遂すると決めたなら、何があってもやりきった。

世界が滅びる？　関係あるか。俺の望みが、俺の愉《たの》しみこそが全て。

だったのに俺は……。

「復讐することよりも、今の幸せな生活を守ることを優先している」

そう、俺は自分の手でブレットを殺すことを諦めていた。

心を折ってから殺すということは変わらない。

だけど、殺すのは俺でなくていい。

覚悟を示すために、復讐のためだけに生まれたケヤルガを殺し、ケヤルに戻ったと周りには言っていた。

でも、それはこれからそうなりたいという願望でしかなかった。なのにいつの間にか本当に俺は根本から変わってしまったのだなと改めて実感する。

「これでいいんだ」

思った以上に葛藤がなく諦められてしまった。

復讐よりも、この先の幸せを。

……ああ、なんて健全で当たり前な思考なのだろう。

◇

夕食の時間がきた。

イヴとヒセキは俺たちが神獣と会っている間に、黒翼族と赤竜人族の移住に伴う調査をしていたらしい。

予想以上に調査結果が良くにこやかだった。

その報告を聞きつつ、俺も神獣と出会って伝えられたことを話す。

イヴが顎に手を当てて考え込む。

「へえ、勇者が勇者を殺すと世界の滅亡が加速するね。そんなの魔王城の文献にもなかったよ」

「……驚いた」

俺はほとんど無意識にそう漏らしてしまった。

「人間側にも魔族側にも存在しない情報だもんね」

「いや、魔王城の文献にもないと言い切れるほどイヴが文献を読み込んでいたことに驚いた」

「自分で言うのもあれだけど、私の地頭はめちゃくちゃいいからね！　エレンに言われて、魔王城にある本のうち、禁書から順番に読んだんだよ。がんばって全部読破したんだからね！」

イヴの地頭がいいことは否定しないが、数万を超える本を読破し、内容を理解し、記憶できたことは魔王の力が大きいだろう。

魔王になって与えられる力は身体能力に限られた話じゃない、記憶力や情報処理能力もだ。

やる気さえあれば魔王城にある無数の本を読みこみ記憶することも可能だ。

やる気さえあれば。

エレンのアドバイスがあったからとはいえ、割と飽きっぽい気質があるイヴがそれをできたというのは驚きだ。

魔王としての自覚が芽生えてきたのかもしれない。

「成長しているんだな」

「ケヤルっていつも子供扱いするよね！」

そう文句を言う姿が凄まじく子供っぽいとは思ったがあえて口に出さない。

そういう風にしているイヴは可愛《かわい》いし、なにより面白い。

「とにかく、俺は勇者を殺せない。そのことは覚えておいてくれ。生き残りの勇者が魔王になったイヴを殺しに来てもおかしくない。そのとき俺の制約が問題になるかもしれない」

「大丈夫だよ、勇者が今の私に向かってきたところでね」

「我々もいますしな。勇者など我が槍《やり》の一振りで粉砕してみせましょうぞ」

イヴとヒセキが笑い合う。

たしかに普通の勇者程度が挑んできたところで彼らには勝てないだろう。

「だいたい勇者が私を襲うとかあるの？　エレンとこの前、同盟結んだじゃない。人間で一番強い国と同盟を結んでいるのに、勇者が殴り込みかけるってありえないでしょ」

「ありえなくはない。ジオラル王国、いやパナケイア王国に不満と反感を持つ国は多い。魔王の首を掲げて、反パナケイア王国の国々を集めて連合軍を作りあげて打倒パナケイア王国。その後に世界征服なんて考えている国は少なくないだろう」

ジオラル王国は先王がやらかしすぎた。

あまりにもやらかしすぎて、まともに賠償金を払えば国が潰れてしまう。だから、エレンと俺でジオラル王国は解体してパナケイア王国を立ち上げるという力業《ちからわざ》を使った。

別の国だから、賠償しませんなんてのは詭弁もいいところだが、力さえあれば通せる。

でも、そんな無茶《むちゃ》をした代償にいろいろなところに火種を抱えている。

エレンが対処しているが、同盟を組んでパナケイア王国を倒そうと水面下で動いている大国はこちらが把握しているだけで三つある。

「じゃあ、注意は必要だね」

「いくら強くても、特殊な力を持つ勇者のふいうちには対処できない可能性もあるしな」

「私も気をつけるけどケヤルも気をつけてよね。ケヤルってけっこうかっとなりやすいから。俺の女を傷つけたって激怒して、うっかり殺しちゃうなんてのが想像できちゃう」

それはたしかにありえるな。

そう考えていると横からヒセキが口を出した。

「私はそうは思いませんな。ケヤル殿は本質的には理知的で善人だ。ただ、どんな事情があるか知りませんが意図的に激情家と悪人の仮面を被っておられる」

「……そう言われたのははじめてだな」

それもケツを掘った相手に言われるとは。

「こう見えて私も数百年生きていますからな。人を見る目には自信があるのですよ。我が主ケヤルよ。もっと自然体で生きていいと思いますぞ。そちらのほうが主にも我らにもいい。幸いなことに赤竜人族も黒翼族も求めているのは強い独裁者ではなく、優しい領主なのだ」

「気に留めておく」

理知的で善人か、自分への皮肉として自称することは今までもあったんだがな。そう評価される日がくるとは。

だけど、それが本当に素の俺というのならそうでありたい。

「それともう一つ。神獣の代替わりが済んだ。この地の神獣はグレンになった。だから、もうこの地に黒翼族以外が来ても呪われることはないそうだ」

こんな豊かな土地に誰も移住して来なかったわけ。

それは交通の便が非常に悪いことと、神獣が守る地で神獣と縁がない種族が入れば呪われるというもの。前者は飛行する黒翼族や赤竜人族であれば問題なく、後者もグレンの計らいで問題なくなれば、移住に対する問題はクリアされる。

「ほう、では」

「すぐにでも移住できるし、客も招ける。ただし、ここは世界を守るために必要な聖地でもあるらしい。あまり無茶をしないでくれ」

地図を広げて、グレンから聞いたエリアを塗りつぶして見せる。

「このあたりには入ってほしくないようだ」

「ふむ、心得た。では我ら赤竜人族から見張りを出そう」

「あっ、黒翼族も協力するよ。そこを囲む結界を用意するね。そういうの得意な子が多いし」

「わかった。なら、明日からでも赤竜人族の若いやつらを呼んでくれ。いくら豊かな土地があっても住居もインフラもなければ住めないだろ？　自分たちが住む家ぐらい自分で作れ」

「ふむ、それなのだが。我らが作るのは黒翼族の住居とインフラ設備のみのつもりだ」

「いや、赤竜人族の家も必要だろう？」

「説明してもいいのだが、見たほうが早いだろう。我が主よ、確認だが住居さえ用意できれば、すぐにでも我ら赤竜人族がここに移住しても良いのだな」

意味ありげに笑う。

そういえば、はじめてこの領地を見たときヒセキは〝あれ〟が使えれば移住は早く済むなんて言っていたな。

「そうだな、移住は早ければ早いほどいい。鉄猪族たちも困っているしな」

そもそも俺が赤竜人族たちのところへ向かったのは、里を襲撃され住処《すみか》を失った赤竜人族が報復として魔王側に与《くみ》する鉄猪族の里を奪い、さらには人質をとってきたからだ。

赤竜人族たちには早く退去してもらい、鉄猪族に里を返してもらいたい。

「心得た。では、せっかく夕食を用意してもらったのにすまぬのだが、我はこのことを同胞に伝える。急がなければ」

そう言うなり玄関も使わず、窓から身を乗り出すと竜の姿になって飛んで行ってしまった。

「……いったい、あいつは何を考えているんだ。一族全員で野宿でもする気か？」

「あっ、そうか。ケヤルは赤竜人族のことあんまり知らないんだ。それなら納得かも」

イヴはなにか知っているようだ。

彼女に聞いてもいいが、面白そうだし聞かないでおこう。

見ればわかるとのことだし、楽しみにしておこう。

そっちのほうが驚きはでかい。

◇

朝日が差し込み始めたころだろうか？　ドスンッとすさまじい轟音《ごうおん》が響いた。

何かが上から落ちてきたような音が窓の外からしている。

「なっ、なんなの⁉　攻撃されてるの⁉」

子ギツネモードのグレンが毛を逆立てて飛び上がる。

気持ちよく眠っていたところを邪魔されて不機嫌そうだ。

「仮に攻撃されていたとして、この地を管理する神獣が侵入に気づかないのはどうなんだ？」

「むう、仕方ないの。引き継ぎデータ多すぎてオーバーフローしてるの。だから時の管理人はやなの。過去からの蓄積データだから量が半端ないし、ミラーリングしてる上にフォーマット自体が古いから取り込み後形式変換、ツリー構造の現代化、情報の再分類も必要で大変なの」

何を言っているかほとんどわからないが、まあ、神獣は神獣で大変で引き継ぎに必死で聖地の守護もできないらしい。

窓を開ける。

すると空には数百の赤い竜が舞っていた。

そいつらが次々に空から、家を落とす。

家と言っても骨組みだけでスカスカのものだ。

それを超高度から落としていく。

骨組みだけの家は、地面に接する部分が尖《とが》って長いので地面に深く突き刺さる。

そして、異様に丈夫であれだけの高さから落とされても折れるどころかヒビすら入らない。

「……あれ、一体何でできてるんだ。金属ではなさそうだし」

「うーん、たぶん赤竜人族の骨なの。最強の竜の骨だからめちゃくちゃ硬いし、めちゃくちゃ軽いの」

竜型になった赤竜人族は飛竜よりも一回り巨大なくせに数倍速く飛ぶ。

それを可能にするのは超軽量で超丈夫な骨格。

俺もかつて飛竜の死体で飛行機を作ったが、それ以上に軽く強靱《きょうじん》なんだろう。

そんなもので骨組みを組んでいれば超高度から落としても歪《ゆが》みもしないわけだ。

「それでも家だぞ。骨組みだけでも百キロは超えるだろうに。焼かれた赤竜人族の里から持ってきたのだろうが、ここまで数百キロはある。よく運べたな」

「ご主人様、それができるから赤竜人族は最強なの。神獣たちはいろんな種族を作ったけど、種族として最強なのは間違いなくやつらなの」

……またこいつはとんでも情報をさり気なくばらまいてくる。

いろんな種族がいるけどじゃなくて、いろんな種族を作ったけど。

突っ込んだらとんでもなくやばい話に繋《つな》がりそうだ。

俺は着替えて外に出る。とイヴも出てきたようだ。パジャマ姿で目を擦りながら。

魔王の威厳もへったくれもない。

「噂《うわさ》には聞いてたけど、赤竜人族の引っ越しはすごいね」

「有名なのか」

「うん、赤竜人族って昔は雄が寝るとき以外に人の姿になるのは恥だって風潮があってね。そうなるとどうなると思う？」

「食事の量が尋常じゃないだろうな。魔王城で十数匹の飛竜を飼育するのすら、国庫に影響があるぐらいだ」

「そうなんだよね。だから、昔の赤竜人族は森食いとも言われてね。森の動物を食い尽くしてはすぐに次の森へ引っ越しする迷惑種族だったの。その伝統で家はあんなふうになってる」

「先祖の骨を使って超軽量の骨組みで作る。その状態で運んで、落として壁は現地で泥やら木やらで埋めるのか」

「鉄猪族の里は十分な家がもともとあったし、家を建てるスペースもなかったから、たまたま持ってこなかったんだね」

　イヴが興味深げに、次々と空から落ちてくる骨組みだけの家を眺めるので俺もそれにならう。

　そうしていると汗をかきながら、竜人に戻ったヒセキが近づいてきた。

「どうですかな？　我らの引っ越しは？」

「とんでもなく派手だな。あれは燃やされた里から持ってきたのか。よく無事だったな」

「いかにも。襲撃され、我らの家や畑は油を撒《ま》かれ火をつけられました。壁に使っていた木やら布は燃えましたが、骨組みは我らの骨。焦げ一つつきませぬよ」

　そう言って、豪快に笑う。

「なら、里にある家をすべて持ってこられるのか」

「女の力では家を運ぶのはきつい、男衆だけで運ぶには何往復か必要でしょう。それでも、明日にはすべて運び終わるでしょう。当面は布で雨と風をしのぎつつ、粘土をかき集めて順次壁を作っていく予定です。それが形になるまで三日というところですな」

「……竜の身体能力でも全員分の住居を作るまで相当時間がかかると思ったんだがな。まさか、三日とは。ありがたい。なら、こっちも早く動ける」

魔王城に行ったとき移住を早めるためにテントの発注をしていたが無駄になりそうだ。

「ということは」

「移住可能だと確証を持てた。正式に俺と赤竜人族の長《おさ》との婚約を魔王城に報告する」

軽くジャブは打っておいたが、正式な報告は折を見てということになっていた。

「それはめでたい。我も正式にケヤル殿の部下になるわけですな」

「これから頼む」

「この命朽ちるまで、主とともに。我が牙と爪を預けましょうぞ」

その場で膝を突き、頭を下げる。赤竜人族の忠誠を示す作法らしい。

「なにか、移住に当たってリクエストがあるか？」

「それなのですが竜の姿になるととんでもなく腹が減る。山盛りの肉がほしいですな」

そう言われても、屋敷にある肉のストックなどたかがしれているだろうし……いや。

「大ミミズをそろそろ減らさないといけないと黒翼族たちが言っていたな。妙に強くて危ないから、自分たちじゃ難しいと。ちょうどいい。あの超巨大ミミズ、喰《く》ってくれないか？　そしたら一石二鳥だろ？」

冗談でそう言ってみた。

イヴとヒセキはごちそうと言っていたけど、あれは俺をからかう冗談だと思っている。

その意趣返しだ。

大ミミズは屋敷よりもでかい。数百の竜だって満腹になるだろう。

「それはありがたいっ！　あんなちそうは滅多《めった》に食べられませんからな！」

そう言うなり、人の姿のままヒセキは竜の咆哮《ほうこう》をあげる。

すると、空を舞っていた若い竜たちが呼応するように次々と咆哮した。

竜の言葉はわからないが、それは歓喜に満ちたものだった。

「おう、我が主よ。我が主の気前の良さに皆が感激しておりますぞ。今宵《こよい》は宴だ」

「そっ、そうか」

ごちそうだというのは本当だったらしい。

屋敷よりでかい巨大ミミズが本気でうまいのか？

……少しだけ興味が出てしまった。まあ、俺も今まで相当ゲテモノを喰ってきたし、グレンあたりに毒見させてから俺も食べてみよう。

第九話　回復術士は宴を開く

赤竜人族たちは何度も数百キロ先の里と俺の領地を往復して、焼かれて骨組みだけになっていた家を運び、落としていった。

なかなかダイナミックな光景でつい見入ってしまう。

力で劣る赤竜人族の女たちは、家の輸送を男たちに任せ、竜形態にはならずに骨組みだけの家を住めるようにするべくせわしなく働いていた。

「器用なものだ」

彼女たちは骨組みだけの家に粘土を塗りつけている。

器用なのか、特別な粘土を使っているのか、魔力で操っているからなのか、固まる前の粘土なのに骨組みの間をしっかり埋めて垂れてこない。

そして一通り骨組みの間を粘土で埋めると、女たちは火を吹いた。

骨組みの間に詰められた粘土があっという間に焼き上がりレンガになる。見るからに超高温の炎なのに骨組みには焦げ一つつかない。

骨組みだけの家がレンガの家になるのに一時間程度というふざけた速度。人間が接着剤を塗ってレンガを積み重ねて家を作るなら一ヶ月はかかるだろうに。

「人間の職人が見たら、嫉妬でどうにかなりそうだな」

俺のボヤキを聞いて隣にいるヒセキが笑う。

「逆に我らから見れば、ほかの種族のやり方が非効率に見えますな。いちいちレンガを積み上げたり、木を組んだりとよくやる」

「まあ、そうだな。ちなみにあれだけの粘土、どこから調達した？」

俺が指さした場所には粘土が山積みになっていた。

ここを管理している黒翼族たちに渡された資料を読んだ感じだと、さすがに赤竜人族の家すべてを賄うほどの粘土はなかったはずだ。

「ああ、大ミミズのフンですな。食べたものによってフンが粘土質になることがあるのですよ。そのときのフンが畑に混ざると育ちが悪くなります。なので、それを畑から取り除きつつ、家に使うと一石二鳥というわけですな」

あの粘土、巨大ミミズのフンだったのか。

「……いいのか、それで？　クソの家だぞ」

「ははは、そんなものを気にしては生きていけませぬぞ。悪臭がするならともかく、焼けば無臭で清潔、普通の粘土よりも耐熱性も強度も段違い。家にするには最適な素材だから使う。ただそれだけですな」

「それもそうか」

冷静に考えると俺たちは日頃クソを肥料にして育てた野菜を食べているし、普通のレンガだって虫のクソなど当たり前に混ざっているだろう。

そうして赤竜人族は男が骨組みを運んで、女が仕上げていくという役割分担で凄《すさ》まじい勢いで家を次々と完成させていった。

忙しく働く女の中に、ひときわ目立つ赤髪の女がいた。動きやすい格好でいても凛々《りり》しさと気品は隠せない。

俺は彼女のもとへ行く。

ちょうど炎を吐き、家を焼き固め終わったところだ。

「ラグナ嬢、長たるあなたがなぜこのような仕事を？」

「長だからだ。妾《わらわ》はケヤル殿に赤竜人族の未来を託し、現魔王陣営と協調すると決断した。そのことに不安や不満を持つ民もいる。ならばこそ、先頭に立って妾が動かなければならぬ」

俺が声をかけたのは赤竜人族の長であるラグナ嬢。先代が死んだからと未熟なのに血筋だけで長を押し付けられた少女。

必死に弱さと怖さを押し隠し、過剰なまでに強く完璧な長であると見せようとしている。

「長として先陣を切り、移住のために働いてみせる。いい心がけだ」

もし、ただ感情だけで長としてやるべきことを放置し、手を動かすという形で逃避しているなら止めるつもりだった。

だけど、彼女の考えと意志があるなら尊重したい。

「心配させてしまってすまぬな。ヒセキから聞いていたがここはいい領地だな。広大で水も自然も豊か。ここなら十分にやっていけるであろう。改めて感謝を」

作業を止め、長に見合わない作業着であっても、その美しく品がある礼はこちらの心を揺さぶった。彼女が心の底から感謝しているのが伝わる。

だからこそ、俺も相応の返事が必要だと想《おも》い、まっすぐな気持ちを伝える。

「魔王側も赤竜人族とやりあうのはごめんだからな。お互いの利益を考えた結果だ。感謝は受け取るが、へりくだる必要はない。胸を張れ、堂々として真っ当に生きろ。そうすれば、俺もお前達も幸せになれる」

ここは俺の領地らしいし、俺の好きにしていい。この土地を赤竜人族に使わせても、魔王陣営もイヴも俺個人も何の負担にもならない。

それに将来的にはここで生産し余った食料を輸出できればいいなんて皮算用もしている。

そうすれば、俺とイヴの功績にもなる。

魔族領域は農業に適した土地が少ない。魔族領域全体で見れば慢性的な食料不足。つい先日もとくに食料問題が深刻な東側から食料支援の要請が来ていた。

この地が食料生産拠点になれば大きな功績で、イヴの立場も良くなる。

「だが、妾たちを受け入れて本当に大丈夫なのか？　……仮にも妾たちは反魔王陣営の中でも最強勢力で、鉄猪族の里を占拠し、魔王城にいる幹部を脅して魔王暗殺を企てた。だというのに、黒騎士殿の領地に移住させ生活を保障するなど、周りに示しがつかないのでは？」

「そのあたりはうまくやるさ。戦略プランはある」

そこはイヴではなく、参謀であるエレンに頼んだ。

軍略と政治の天才ノルン姫、その才能はエレンに名前と姿を変えても健在だ。

困ったときはエレンに頼めばいい。

「頼もしいですわね」

「夫として認める気になったか」

「……認めるもなにもないであろう。妾に選択肢などない」

顔に赤竜人族の未来のため好きでもない男を受け入れる。望んではいないが仕方ないと書いてある。なんというか、胸糞《むなくそ》悪い。今まで俺は復讐《ふくしゅう》のためなら他人の感情を全部無視してきた。

だけど、今となってはそういうのは嫌だと思う自分もいる。

「状況が状況だ。結婚に関して君の感情は脇に置いてもらうしかない。悪いが結婚って形じゃなきゃ赤竜人族を迎えることの示しがつかないからな。でも、まあ、あれだ。形式的なものだ。君が自由になるよう計らおう」

口にして、甘いなと思った。ちょっと前なら今すぐ押し倒して快楽漬けにして言うことを聞かせようぐらい考えたかもしれない。

「黒騎士殿はもしかして、いい人なのか？」

「そんなわけないだろうが。俺の噂《うわさ》は聞いているだろう？」

俺の悪評はひどいものだ。魔王イヴが正しく、周りから好かれるために汚い部分を全部引き受ける。それが黒騎士の役割であり、それだけでなくケヤルガだったころの俺の趣味を押し通した結果だ。客観的に見て、完全無欠のクズと言える。

「聞いてますし、知っています。でも、妾が直接見て、触れて、会話した黒騎士殿、いえ、ケヤル様はいい人で……もしかしたら、妾は初恋をしたかもしれませぬ」

そう言うとラグナ嬢は顔を赤くしてそらした。

「もう少し男を見る目を養ったほうがいい……邪魔したな。がんばってくれ」

「それ、照れ隠しですの？」

「俺を挑発するとはいい度胸だ。結婚という形式だけじゃなく、手籠《てご》めにしてもいいんだぞ」

「ええどうぞ。ふふっ、やっぱり優しい人。貴方様《あなたさま》になら一族の命運ごと妾を託せまする」

「とにかく、移住の準備を進めてくれ」

そうしてラグナ嬢と別れる。

このまま手伝ってやってもいいが、俺には俺でしないといけないことがある。

赤竜人族の移住が早まった以上、俺もいろいろと予定を前倒しにしないといけない。

◇

赤竜人族たちの建築作業が始まってまる一日がたち、日が暮れようとしていた。

山程手紙を書いていた。エレンの入れ知恵でアイディアはもらっても俺からの手紙ではないと意味がないので実作業は俺だ。

子飼いの諜報員《ちょうほういん》から情報を受け取りつつ手紙を預けて今日の仕事は終了だ。諜報員は飛行機で飛んでいった。

子飼い数名に飛行機を与えているが正解だった。情報伝達速度が跳ね上がっている。

「【回復《ヒール》】」

自分で自分に【回復《ヒール》】をかける。

体は軽くなったが、心の疲れは抜けない。【回復《ヒール》】はそういうものだ。

いっそ自分の時間を巻き戻せば、心の疲れごととれるがそれだと記憶まで飛んでしまう。

【回復《ヒール》】は最強の能力ではあるが万能ではないと思い知らされる。

「ご主人さまー、お腹空《なか》いたのー、ごはんの時間なのー」

キツネが膝の上に乗ってきてうるうるとした目でこっちを見つめる。

だいぶおねだりのコツを摑《つか》んできたらしい。

俺は少女のおねだりよりも可愛《かわい》い動物のおねだりに弱い。

「今宵はラグナ嬢たちが宴をしてくれるらしいから、もう少し待て」

昨日と今日の作業で赤竜人族の里からすべての家を運び出したようで、家が空から落ちてくることはなくなった。

家を運び終わると、彼ら個人の荷物やら、種族全体で持っている保存食やら酒やらを運びはじめ、それもすべて運び終わり赤竜人族たちは全員こちらに来た。

赤竜人族が人質にしていた鉄猪族も全員解放され、家の返還、そして俺のポケットマネーで相応の賠償金を支払いつつ、当面の生活に必要な物資を魔王城から送り付けた。

「宴？　ごちそうが出るの？」

「さっき、大ミミズと竜の怪獣大決戦があっただろ？　その戦果を宴で振る舞ってくれる」

「じゅるり、楽しみなの」

ヒセキがさっきまで大ミミズと怪獣大決戦をやっており、赤竜人族は大興奮で観戦し、応援していた。

屋敷を超えるサイズの巨大ミミズが体をすべて持ち上げて一本の棒のようになってそそり立ち天空を舞う竜にのしかかろうとしたときなど度肝を抜かれた。

グレンですら見入って、応援していた。がんばれーだの叫んでいたぐらいだ。

ヒセキは最強種の英雄に恥じない強さを見せつけ大ミミズを倒した。

その戦いはあまりに見事で感心したものだ。

そうして倒した大ミミズと、彼らが持ち込んだ酒と保存食で宴が開かれる。

「……あれだけでかいミミズ、どうやって調理するんだ」

「あっ、料理が始まったの!!」

グレンがキツネ尻尾をぶるんぶるんと振って窓から身を乗り出して、調理現場を見る。

屋敷よりでかいミミズを数匹の竜がドラゴンブレスで直火《じかび》焼き。

こっちまで匂いが漂ってくる。甘い脂の焦げる匂いだ。

匂いだけなら文句なしにうまそうなのが悔しい。

そしてある程度火が通ると、こんどは翼から風の刃を生み出してぶつける、それを何度も何度も繰り返して大ミミズを縦に真っ二つにして腹を開く。

むかし食べた蛇を思い出す。あれもああやって縦に切って開いていた。

竜総出で転がして中身側を上に。

そして今度は内臓と腹の中身をまとめて風魔術で吹き飛ばし、水魔術を使い洗い流してから、再び炎のドラゴンブレスで今度は内側から焼いた。

「竜は調理方法も豪快だな」

「一人じめしたいの」

「……百メートルは軽く超えるぞ。一体、何百トンあるんだ」

焼けた大ミミズの十分の一ほどを女たちが分厚いステーキと呼べるサイズにカットしていき、焼きの甘いところはしっかり火を加えてから皿に盛り付ける。

男たちは残りをできるだけ薄くカットして大量の塩をまぶすと片っ端から干していく。

今日の宴で使うのは一割ほどで残りは全部干して保存食にするようだ。

竜種ということで豪胆でその日暮らしなイメージはあったが割と他の種族と変わらないなと妙に感心する。あれだけの肉、大食らいの赤竜人族でも冬の間に食べきるのは難しそうだ。

「ステーキ美味《おい》しいの。でも、干し肉も旨味が深まるの。どっちも食べたいの」

「グレンはいつも干し肉をやると硬いって文句言うじゃないか」

「一夜干しが好きなの！　柔らかくて旨味が増すの。でも保存用のガッチガチはやーなの！」

　このキツネ、味にうるさすぎだろう……。

　まあ、俺も気持ちはわかるが。

「それじゃ一夜干しも食べさせてもらえるようお願いしておこう」

「ご主人さま大好きなの」

　ちょろいキツネだ。

　そして、どうやらキツネも大ミミズに抵抗はないらしい。

　ラグナ嬢が窓から見ているこっちに気づいて大きく手を振ってから、手招きしてきた。

「準備ができたらしいぞ。宴に行こう」

「じゅるり、お肉、食べ放題なのっ」

　グレンはくるりと回って少女形態になる。

　普段はキツネ姿だと肩が凝らないし楽と言っているが、美味しいものがあるときグレンは少女形態になる。

　少女のほうが味覚は鋭く、その姿になるのが美味しいものへの礼儀らしい。

　俺はそんなグレンに苦笑して、駆け出していった彼女のあとを追いかけた。

◇

宴の会場にやってきた。

俺は魔王イヴと相棒キツネのグレンを連れての来場だ。

酒を楽しむ前に、我が領地を魔術によって空から俯瞰《ふかん》視《し》する。

まだ家全部が完成したわけではなく、ほとんどの家は骨組みに布を被《かぶ》せただけの状態だ。

家の数が多すぎて骨組みだけの家をちゃんとした家にするには時間がかかるようだ。

とはいえ骨組みが立派であり布を被せただけの応急処置でも問題なく住めるらしい。使っている布が死んだ赤竜人族たち（竜形態）の被膜で丈夫かつ保温性も防水性もばっちりだからだ。

そして宴には黒翼族たちも多くいた。イヴが城下町で保護していた全員がこちらにいた。

英雄ヒセキが気を利かせて黒翼族たちと相談した上で連れてきてくれたらしい。

赤竜人族は自分たちのほうが新参者だからと、しっかりと完成した住居を優先的に黒翼族へ明渡してくれたとも聞いている。彼らなりの誠意だろう。

宴の会場に到着したのは俺たちが最後のようで、既に赤竜人族も黒翼族も楽しく歓談していた。たっぷり用意されたごちそうにも酒にも手をつけていないのは俺とイヴへの気遣いだろう。

俺はイヴに声をかける。

「思ったより、黒翼族と赤竜人族はうまくやれそうだな」

「うん、ケヤルの言う通り、赤竜人族はいい人が多いかもね」

宴の席でも種族同士で固まっているが、お互いに対する嫌悪は感じない。これから先うまくやっていけそうな気配はある。

そういう空気を楽しみながら、一段高い特等席に案内されると赤竜人族と黒翼族の中でも美人どころが俺たちを迎えてくれた。

「にぎやかだな」

「ええ、領主様のおかげです。どうぞこちらへ」

「グレンちゃんは、はい、これ」

「お肉なのっ！」

グレンの扱い方もわかっているようで、とびっきりでかいミミズステーキを渡してくる。

豪快にかぶりつき、尻尾がちぎれそうなほど揺れている。

肉が伸びてちぎれるところが実にジューシーかつ柔らかそうで最高にうまそうだ。

カットしてしまえば見た目も普通のステーキと変わらない。

「美味しぃーの。ぷりぷりなのー、旨みーなの」

……グレンは味には正直なので本当にうまいのだろうが、大ミミズは少し抵抗がある。

連れて行かれた先の上座には正装したラグナ嬢が待ち構えていた。

「どうぞ、領主様。赤竜人族自慢の酒をお召し上がりくださいな」

それを眺めていると、酒坏《さかずき》を渡されて白く濁った酒を注がれる。

乳と果実が混ざったような甘い匂いがする。

「はじめて嗅ぐ匂いだな」

「珍しい果実で作った酒なのよ。はじめはみんな戸惑うの。ワインや蜂蜜酒もあるけどそっちにする？」

「いや、赤竜人族を領地に迎えるんだ。君たちの文化を知りたい」

呑《の》んでみる。乳の風味がする。同時に果物独特の甘さがやってくる。確かに果実酒だ。

かなり癖が強いが悪くない。

昔呑んだ米を使った濁り酒をさらに甘くしたような、そんな味だ。

そしてかなり度数が高い。

竜の酒は強いと聞いていたが、これはかなりくる。そして強い酒であるのに、その酒の味は霞《かす》むことなくしっかりと主張を続ける。

「この酒、うまいな」

「竜は無類の酒好き、まずい酒は作りませんわ」

そう微笑むラグナ嬢はどこか柔らかく素が出ていた。

言葉遣いが今までと違っている。それだけでなく表情も柔らかい。いい長《おさ》であろうと気を張った顔ばかりだったので驚く。いつもこういう顔をしていればいいのに。

「おまえも呑め」

彼女にも酒坏を握らせ、注ぐ。

遠慮していたが、押し切った。

「では、遠慮なく……美味しい」

曲りなりにも妻の一人として迎えるんだ。上下関係があろうとも、度が過ぎてはいけない。ラグナ嬢は復讐相手じゃないんだ、不幸にしたくない。いや、幸せにしてやりたい。

気がついたら、俺たちへの注目が集まっていた。

……というか、肉を喰《く》っているのはグレンだけ、酒を呑んでいるのは俺とラグナ嬢だけ。

これが宴だとしたら、俺の言葉を待ってみんな我慢しているのか？

かなり申し訳ない気分になってきた。

俺は咳払《せきばら》いをしてから口を開く。

「我が領地へ来てくれてありがとう。歓迎する。細かい決まりはこれから作っていく。それはあくまでうまくやるためだ。……まあ、なんだ楽しくやってくれ。遠慮はするな。なにせ、今日からここが君たちの故郷になるんだ。肩肘はって遠慮する故郷なんてクソだろ？　そういうのは望んでない。俺は幸せになりたいし、おまえらを幸せにしたいんだ。とにかく乾杯！」

我ながらめちゃくちゃな挨拶だ。だというのに歓声があがる。

そして、赤竜人族たちと黒翼族たちが乾杯し、酒を呑んで肉を喰って笑いあっていた。

故郷を奪われ、ずっとさまよっていた彼らがやっと定住できる場所を得られた。

俺には想像できないような、大きな喜びや深い安堵《あんど》があるのだろう。

その空気に当てられて、俺も楽しく、いい気分になってきた。

「いいな、こういうの」

自然と俺の口から言葉が漏れ、赤竜人族の長ラグナ嬢が頷《うなず》いて寄りかかり返事をする。

「ええ、とっても。ふふふっ、ね、やっぱりケヤル殿はいい人。最初思っていたのと全然違う」

「いったい最初は俺をなんだと思っていたんだ」

「出会いが出会いだったし、里まで届く黒騎士の噂《うわさ》も最悪のものばかりでした。だから、ケヤル様は頭がおかしくてエッチで嫌な人で、妾《わらわ》たちに救いの手を伸ばしたのも気まぐれ、あるいは何か企《たくら》みごとがあるのではと」

「まあ、大体あっている」

そう言われて仕方ないことをしてきたし。

「だけど、喜ぶ妾たちを見て、自分のことみたいに喜んでくれましたわ。今、妾が見ている横顔は素敵で嘘《うそ》なんて全然なくて、ああ、信じていいんだって、やっと確信できましたの」

「その横顔とやらも演技かもしれないな。最強種の赤竜人族を利用するために作った」

「そのときは妾の負けですの。だって、こんなきれいな横顔、演技でされたらもうどうしようもないですもの」

苦笑してしまう。俺は特別なことはしていない、ただうれしそうにしている彼らを見て、俺もうれしくなった。ただそれだけ。

そんな当たり前のことで、人の見る目は変わるものなのか。

「ケヤル様、どうぞ」

ラグナ嬢は大ミミズステーキを差し出してくる。

ラグナ嬢の中で俺に対する悪い印象が拭われたせいか、世話を焼きたくて仕方ないらしい。

とはいえ、アレだぞ？　食べなければ失礼だが、アレだ。かなり勇気がいる。

ラグナ嬢は期待に満ちた顔をしている。

俺は冷や汗をかきながら、差し出された大ミミズステーキにかぶりつく。

「……うまいな」

「大ミミズはごちそうなのよ。めったに食べられないわ」

脂が甘い、昔食べたうなぎに近いがそれより歯ごたえがあるのに噛《か》み切りやすく、味が濃い。

一言で言えばうまい。

「ゲテモノかと思っていたがうまいな。これは体験しなきゃわからなかったな」

「思い込みはだめよ。妾はそれでケヤル様を見誤りかけた」

俺が善人かは置いといて、思い込みが駄目なのは同意だ。俺は思い込みが強い男だった。

良いように言えば、意志が固い。

だからこそ何があっても前へ前へと進んでこられた。

でも、そのせいで見落としたものも多かったのではないだろうか？

俺は大ミミズステーキを一気に食べきってしまう。

「もう一枚、もらえるか」

「ええ、喜んで」

これからはいろんなことをしたい、いろんな視点で考えたい。

今までのケヤルガじゃ見つけられなかったものをケヤルとして見つけていきたい。

とりあえずは、まずいと決めつけていた大ミミズを頬《ほお》張り、新たな故郷を喜ぶ赤竜人族と黒翼族たちの熱を感じながら宴を楽しむことにした。

これはきっと、ケヤルだから得られた幸せだから。

第十話　回復術士は領主になる

宴は大いに盛り上がった。

黒翼族たちが歌を披露し、赤竜人族の女たちが歌に合わせて優雅な舞を披露した。

酔った勢いで若い男たちが竜となり、編隊を組みながら空中でアクロバット飛行をすると歓声があがる。

「宴はもう終わったのに、みんな帰る気配がないな」

宴はすでに終わっている。閉幕の挨拶もした。

今はアディショナルタイムみたいなもので、飯と酒がなくなるまでは好きにしろ。疲れたら家に戻れ、片付けは明日やろうと告げてある。

なのに飯と酒がなくなる気配はない、各々が勝手に料理を作ったり、倉庫から酒を引っ張り出して追加しているからだ。

上座には俺とラグナ嬢の他にヒセキとイヴ、グレンがいた。

「もう食べられないの」

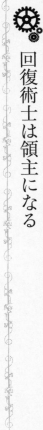

キツネ耳少女のグレンはお腹《なか》がぱんぱんに膨れた状態で気絶するように眠っている。

キツネ形態になるのも忘れているようではしたなく腹とパンツを晒《さら》していた。

……とんでもない美少女なのに、まったくエロさがないのはどういうわけだ？

そんなのを横目にほろ酔いになっている魔王イヴに声をかける。

「黒翼族の歌はいいな。前に隠れ里でもてなしてもらったときも感動した。そう言えば、イヴの歌は聞いたことがないな」

神獣カラドリウスに会いに行くときに黒翼族のかくれ里に立ち寄った。

そのときの宴でも歌を堪能させてもらった。

そのかくれ里は俺の油断で襲撃され、数人を残して全滅した。

……もし、過去に戻ってやり直せたら今度はあのかくれ里のみんなも救えるのだろうか？

俺が未熟で、考えなしだからこそ、見殺しにしてしまった彼らを。

「うるさいよ。黒翼族は歌の名手がたくさんいるけどみんながみんな歌がうまいってわけじゃないからね」

「イヴはうまくない側なのか」

「うまい側だよっ。……でも、私って未来の族長で、カラドリウスの巫女《みこ》なわけじゃん？」

「それとなんの関係がある？」

「なのに、うまいことはうまいってレベルなんだよ。中の上ぐらいなの」

「歌がうまい黒翼族の中で中の上ならすごいじゃないか」

黒翼族の中で普通なら人間の歌姫と呼ばれるレベルだ。

中の上なら、天使の歌声だとか聖女の調べとか言われていたフレア王女と同レベルだ。

「私の立場で中の上だといろいろと示しがつかないの！　小さい頃はイベントのたびに歌わされたけど、うまいけど……ねえ？　って毎回微妙な空気になって嫌になったんだよ！」

言われてみればそうかもしれない。

巫女であることと歌がうまいことは関係ないが、周りから見れば特別な存在で期待もする。

「私の話聞いてた？」

「今度、歌ってくれないか？」

「聞いていたさ。黒翼族の中でどうとかはどうでもいい。ただ、イヴの歌が聞きたい。好きな女の歌だからな」

そう言うと、むすっとした顔でイヴは顔をそらす。

怒った表情を作っているが、頰が赤い。

「……ケヤルにだけ聞かせるならいいよ。ぜったい、他の人の前じゃ嫌だからね。神鳥カラドリウスの巫女の割にはとか、もう言われたくないし」

「ああ、それでいい。楽しみだ」

「じゃあ、今度ね。もう、ただでさえ魔王のお仕事で忙しいのに練習して勘を取り戻さないといけないじゃない」

ぶつくさ文句を言っている割にうれしそうだ。

もしかしたら、歌自体は好きなのかもしれない。

そうしていると、空になっていた酒坏《さかずき》にラグナ嬢が酒を注いでくる。

「魔王様とケヤル殿は仲がよろしいようね」

「まあ、恋人だからな」

「もう、ケヤルはそういう恥ずかしいことを平気で言うよね⁉」

「ふふふっ、では妾との婚姻が締結すれば、そういうふうに扱ってもらえるの？」

「まあ、それは今後次第だ。立場的に無理やり結婚って感じだからな。君をどうしていいものか、俺も扱いかねているんだ」

「うわぁ、私のときは弱みにつけ込んで押し倒してきたのによく言うね。もう、力を貸すから体で払えって感じで」

「……あのときは若かった」

イヴと出会ったばかりの俺は、一番荒《すさ》んでいたころだった。

復讐《ふくしゅう》だとか奴隷だとかそういうのでエッチするのにちょっと飽きてきて、純愛をしたいと思いながら、イヴの弱みにつけ込んで断れないように追い込んでから、俺を受け入れさせた。

そのくせに、同意を得たから純愛だとか思っていた。

今思うと、そうとうやばいやつだな。

「それで全部流す気⁉」

「結果的には良かった。今は普通に愛し合えているし。今、俺は幸せだ。イヴは違うのか？」

「違わないけど……もうっ、ケヤルガからケヤルになっても自分勝手で屁理屈《へりくつ》ばっかなとこは変わらないね」

魔王イヴがぽこぽこと胸板を叩いてくる。

微笑ましい光景だが、魔王に覚醒した身体能力のせいでそれなりに痛い。

というか、俺じゃなければミンチだ。

「いいなぁ」

ラグナ嬢がぼそりと漏らす。

それにイヴが反応した。

「これが？」

「あっ、いえ、その、お互いがお互いを想《おも》いあって、魔王と黒騎士なのに、立場的なのではなく、ちゃんと恋人で。妾も……」

「ふうん、魔王の男を目の前でかっさらいたいと宣言するなんていい度胸だね」

「そういうわけでは……」

ラグナ嬢の強気の仮面が少し剝《は》がれかかっている。

やはりこの子はアドリブに弱いというか、脆《もろ》いというか心配になる。

「冗談だよ。状況は理解しているし、ケヤルの節操のなさは諦めてる。この人、私の親友で秘書のラピスに平気で手を出しているんだよ。それも隠せてるつもりだし」

「……知っていたのか」

「ラピスが私に隠し事をすると思う？」

星兎族のラピス、むっちりした太ももの少女を思い出す。

彼女はイヴを支えている秘書であり、友人であり、姉である。

ラピスとエッチをすると、彼女はイヴ様には秘密ですと毎回言っていたのだが……。

あれは盛り上げるためのそういうプレイだったのだろう。

「怒らないのか」

「ケヤルが他に女を作るたびに怒ってたら、私、怒りすぎ死するよ」

「そのままますぎるな。もう少しひねったらどうだ」

「……もう突っ込まないからね。とりあえず、ラグナ。私はケヤルのこういうのには慣れているからさ。君がしたいようにして。これから私の陣営になるんだし、一度、ケヤルと腹を割って話してみたら？　一応、結婚もするんだし」

昔のことを言われたら何も反論できないのが辛い。

というか、ついこの前もヒセキ相手に少々昔の血が騒いであほなことをしたし。

「お気遣いに感謝を。ではケヤル殿、妾《わらわ》の部屋に場所を移しませぬか？　ここは騒がしすぎる」

宴終了後のアディショナルタイムは終わる気配がない。

むしろ宴のときよりもにぎやかなぐらいだ。

「それはいいな。今まで、ラグナ嬢とは必要事項以外の話をしてこなかった。婚姻前にお互いのことを知っておきたい」

そう言ってイヴを見る。

口ではああは言っているが、イヴはかなり嫉妬深く、めんどくさい性格をしている。

「行ってきなよ。私は私でヒセキと呑《の》んでるからさ。黒翼族と赤竜人族の間の取り決めとか、詰めきってないし」

「まるで族長のようなセリフじゃないか」

「まるでじゃなくて族長だよ！　魔王の仕事も最近はちゃんとしているでしょ！　それぐらい黒翼族の族長としての仕事もしているんだよ！　私だって成長しているのっ！」

秘書で姉代わりのラピスにだいたいの仕事を押し付けているし、影武者までやらせている魔王様の実に説得力があるセリフだ。

……まあ、エレンに王のなんたるかを教わりつつ、ラピスからも最近はちゃんと仕事をしていると聞いているが。

「しかし、相手がヒセキとはいえ、美少女が男と二人きりというのはな」

それを聞いた、ヒセキが立ち上がる。

酒坏を握り潰して、酒飛沫《しぶき》が散る。

「うぬっ⁉　我が主よ。妙な疑いはやめていただこう。この我が鱗《うろこ》も牙もない、締まりのない駄肉の女子供に欲情するとでも？　我の忠節を疑うつもりか‼」

「いや、なぜイヴじゃなくてヒセキのほうが怒る……。とにかく、すまん」

普通は浮気を心配された女が怒るところだ。

「ふむ、誤解が解けてなによりだ。第一、魔王権限があるであろう。いくら我でも魔王をどうこうなどできぬ」

こくこくとイヴが頷く。

「そうだよ、まったくケヤルは浮気性なくせに嫉妬深いんだからぁ。最悪だね」

「だから、なぜ笑う。セリフと表情があっていないぞ」

「ふんだ、たまにはケヤルも心配と嫉妬をする側になるといいよ」

イヴにしっしと手で払われる。

俺は苦笑しラグナ嬢とその場を後にする。

そう言えばラグナ嬢のことは何も知らないな。酒の力を借りていろいろ話を聞いてみよう。

◇

ラグナ嬢の部屋というか屋敷は一際大きかった。

骨組みに使っているのは他の家と同じく、赤竜人族の骨だが感じる力は別格だった。

自然と背筋が伸びる。

「あら、気づいたの？　この家に使われているのは遠いご先祖様の骨。最強と言われた赤竜人族のもの」

「たしかに最強だろうな。死んでなお、この存在感だ。強いだけじゃない、格を感じる」

「伝説的な人よ。ヒセキはその再来と呼ばれているの」

赤竜人族の英雄と互角。

あれと互角なら、とんでもない化け物だろう。

本気のヒセキが相手なら俺でもかなり厳しい戦いになる。

本気というのは竜の姿という意味だ。

赤竜人族の男は、竜形態になることで戦闘力は十倍以上にもなる。

「ぶしつけなことを聞いていいか？　なぜ、ヒセキと婚姻を結ばなかった？　そのほうがよほど自然だろうし赤竜人族のためになるだろう？」

赤竜人族と過ごしていてわかったこと。

それは実質的な政務はヒセキが行っていることだ。

この領地で過ごすにあたり、黒翼族との取り決めなどもヒセキが赤竜人族の窓口となりイヴやこの地を管理していた黒翼族と話していた。ラグナ嬢がしているのは最終決定のみ。

そして、ヒセキは赤竜人族の英雄で軍事力の要でもある。

政治でも軍事でもトップの男なのだ。普通に考えて、長の血を引くラグナ嬢と結ばれるべきだ。

ラグナ嬢とヒセキが結ばれれば、ヒセキが長として動ける。

「……気づいてないの？」

「何をだ」

「ヒセキは完璧な男ではあるけど、女相手に勃たないの。あれを夫にすれば、我が一族の血が途絶える。妾に宿る血は特別、けして絶やせない」

「あ、ああ」

あいつ、男もいける口ではなく男でしかダメな口なのか。

赤竜人族の長は特別な血を引いていると聞いているし、絶やすわけにはいかないのだろう。

それに、種族的に夫以外の子を作ることもできない。けっこう、お硬い種族だ。

「もったいないな、ヒセキの子なら強い子になるだろうに」

「一族の誰もが思っていたことね。妾の父も存命中は里中の美女に迫らせたのに、あれは逃げ出したわ。妾も一度、下着のような服を着せられ、あれの部屋に放り投げられたもの。でも、ヒセキは妾に上着を羽織らせて、すぐに寝たわ」

そっち方面ではただのヘタレか。

まあ、そういう趣味嗜好《しこう》のやつもいるだろう。受け入れられないのは仕方ない。

「文武共に完璧なヒセキにそんな弱点があるとはな」

「ケヤル殿、なぜそのようなことを聞いたの？」

「まあ、あれだ。イヴが言ったように俺は浮気性だが、独占欲が強いらしい。ラグナ嬢とヒセキの関係が気になってな」

「……そう。なんというか、あなたも普通の男なのね。ちょっとずつあなたのことがわかってきた気がする」

それから、二人でとりとめのない話をした。

主にラグナ嬢の愚痴を聞く形になった。

勉強も努力もしているのに、ヒセキに軍事や武力はおろか政務ですら遠く及ばない。そのことが悔しい。嫉妬している。でも、頼りにしているし、そばにいてくれないと不安だ。

本当は長でいることが怖い。自分なんかじゃだめだ。でも期待に応えたい。なにより、憧れと誇りがある。

そんな不安定な少女の心情が酒の力を借りて吐露されていく。

「がんばるしかないな。ヒセキとの差は経験だ。あっちは何十年もやってきているんだ。英才教育を受けたとはいえ、勉強しただけの小娘がすぐに追いつけるわけがないだろ」

「それはそうだけど」

「今はヒセキに頼れ、頼りながら学べ。それが成長へと繋《つな》がる。これからは俺も力を貸す。今はお飾りで強がっているだけでも、いつか飾りが本物になる。そう遠くないうちにな」

「そうね、そうなるといいな。でも妾が小娘なら、ケヤル殿は二十もいっていない小僧でしょ」

「違いない」

俺は思わず笑いをこぼす。

「その割に偉そう。ケヤル殿は不思議と雰囲気がある。妾はいろんな種族の長と会ってきた、歴戦の何百年も死線をくぐり抜けてきた化け物。あなたはその人たちと同じ空気を纏《まと》ってる」

「俺は何人もの人生を体験したし、人生も二周目だからな」

「意味がわからないわ」

「だろうな。まあ、なんだ。俺が頼れるやつで、頼ってもいいってことだけ覚えておいてくれ。ラグナ嬢、君はなかなかいいやつだ。俺が守るに値する」

ぽんぽんっと頭を撫《な》でる。

やってしまってから気づいた。

撫でてとせがむグレンや甘えん坊な氷狼族のセツナ、意地っ張りだけど褒めてもらいたがりのエレンなど、そういう子供っぽい子たちとの付き合いが多いせいで癖になっていた。

ラグナ嬢の見た目は俺より年上、そして強く賢い女性に見られたがっている子だ。

レディに対して頭を撫でるのは失礼だ。こういうのはだめだろう。

しかし、意外にも受け入れてくれて微笑んでいる。

「……ええ、頼らせてもらうわ。今日の妾は変なの。こんな弱み、誰にも言ったことがなかった。ヒセキにも」

「信じて後ろをついてくるやつらには言えないだろう。俺だってそうだしな」

「あなたも、こんな悩みがあるの」

「それはあるさ、山程後悔してきた。俺の指示で、俺の決意で、俺の行動で、何千人も死なせてしまったし、いろんなものを台無しにした。そのたびに前に進むのが怖くなる……

でも、巻き込んだやつらに後悔や臆病なところを見せられなかった。それはあまりに卑《ひ》怯《きょう》だ。これで良かったって強がるしかなかった」

「じゃあ、もうすぐ妾相手にもそういう弱音を言えなくなるの？」

「これから俺は、俺の意思で赤竜人族たちを巻き込み、おまえたちの未来を背負うからな」

精一杯強がりの笑顔を作ろうとして、笑顔になりきれない弱い何かを見せてしまう。

そして、口にして自分でもはじめて理解した。

俺は孤独だった。

時間をやり直したことも、内心の葛藤も、ぜんぶ抱え込んできた。

何より、愛する女たちにすらやり直しての人生であるという秘密を隠している。

「どうでもいい相手だから、言えることってあるのね。うん、すっきりしたわ……でも、今となっては、どうでもいいってあなたに思われることが怖いの」

ラグナ嬢が体を預けてくる。潤んだ目で俺を見つめてきた。火照った身体だ。雌の匂いがする。そして、俺はそれに反応していた。

「襲われるとは思わないのか？　噂《うわさ》で俺の好色は聞いているだろう」

「ええ、嫌というほど。でも、実際のあなたは優しくて甘い人だった。それに、私たちのことを守ろうとする情に厚い人だと知った。だから、引き返せないところまで行きたい」

「一族のために体を差し出すか？　殊勝な心がけだな。だが、別にそこまでしなくても、おまえたちのことは救うと決めているが？」

「いいえ、私のため。私が安心したいの。だめ？」

ラグナが誘ってきている。

俺の中の男が反応している。

「据え膳はありがたくいただく」

「そう、でも覚悟して。赤竜人族の女は生涯でたった一人だけと結ばれ、愛し続ける。やり捨てできると思わないで。やり捨てなんてしたら一族総出であなたを狙うわ」

「竜の一族に狙われるのか、それは怖い」

俺はそう言って笑い、口づけを交わし、舌を思いっきり絡める大人のキスをした。

それと同時に服の中に手を入れて胸を揉《も》みしだく。

ぴくりとラグナ嬢の体が跳ねて、かわいそうなぐらい顔が真っ赤になり、それを必死に隠している。

こういうときも強がって弱さを隠すのか。

面白いな。口づけを終えると、ラグナ嬢の目がとろんとしていた。

「私を傷物にした責任を取ってもらうわよ」

「ああ、そのつもりで手を出してる。それとだな、さっきから気づいているか？　妾《わらわ》じゃなくて私になってるぞ」

「あっ」

ラグナ嬢の顔がさっきとは別種の赤さになって口を押さえる。

そんな彼女を抱えてベッドに運び覆いかぶさる。

「素だと私なんだな」

「……妾のほうが、なんか偉そうで長っぽいじゃない。だから、妾にしているのよ」

「ふっ、ほんとうにラグナ嬢は可愛いなぁ。押し倒したくなる」

頭を撫でてやり、それからキスをする。

さてと、愛し合いながらどこまで強がれるか見せてもらうとしよう。

第十一話　回復術士は竜を抱く

ラグナ嬢を押し倒す。

赤竜人族の正装を纏っているのだが、その構造が複雑で脱がすのが面倒だ。

さすがに儀礼用の服を破くのは忍びない。高価で手間暇かけているのもあるが、あまりにも礼を欠く。恥ずかしながら、脱がすのをラグナ嬢に手伝ってもらった。

「下着はつけないいんだな」

服を脱がすとラグナ嬢の裸体があらわになった。興奮か宴の余韻か仄《ほの》かに赤くなっている。

「そういう服なのよ」

「道理で、身体のラインが綺麗《きれい》に出ていると思ったよ」

胸を揉む。

巨乳とは言えないがなかなかのもので手のひらから少しだけ溢《あふ》れる。

少し固めだなと思う。

女の胸というのはサイズや形だけではなく柔らかさもそれぞれだ。

すぐ強がるラグナ嬢らしいなと笑ってしまう。

「そんなにじろじろ見て。わたっ、……妾の身体はどこかおかしい？」

「私でいいさ。こうして肌を晒《さら》して全部見せているのに取り繕う必要なんてないだろうに」

「うう、そうだけど。ひゃうっ」

胸を揉みつつ、舌で乳首を転がすと可愛《かわい》い声をあげた。

エッチのときでも、強がりがバレやすいらしい。

「綺麗だよ、ここまで形がいい胸はめったに見ない」

「複雑」

「なにが？」

「褒められたのはうれしいの。でも、何人も女を知っているって匂わせるのは無神経で嫌よ」

「ああ、よく言われるな。エッチするときぐらい、私だけを見ろって。反省しているんだが、つい言ってしまう」

「そういうところが嫌なのよ」

「悪い」

ついやってしまった。

なんというか、俺の女たちってみんな優しかったんだなと思う。無神経なところを我慢してくれていたのかもしれない。

これからはもう少し気をつけよう。

愛撫《あいぶ》を続ける。

ラグナ嬢は性行為の知識も経験もないらしく、身体を固くして、触るたびに震えるのが初々しくて可愛らしい。

「こういう知識はないのか？」

「そんなのないわ。普通あるものなの？」

「他の女の話をしていいのか？」

「今回は許すわ」

「族長だとか、貴族だとか、高貴な女は男の悦《よろこ》ばせ方を教わっているものが多いな。嫁ぎ先で男を籠絡して手玉にとったほうが家や種族の利になる。夜の生活に満足してれば浮気も減って夫婦円満に繋《つな》がる。エッチはうまいほうが何かといいと考えて教育されてるのが普通だ」

いろんな種族の女を抱いてきたが、今言ったような風習の種族が多い。

夜の生活がうまく行かなければ男は不満をためる。そして浮気に走る。

結局、人は獣で本能に抗《あらが》えない。夜の営みで満足できなければ愛は薄れ、外に女を求めてしまう。

高貴なものほど、そういう事例を知っているので教育という形で対策をするのだ。

「驚いた。赤竜人族の場合だと女はうぶなのが美徳で、男に委ねるのが一番いいとされているわ。積極的な女は恥ずかしくてみっともない、女からエッチを誘うのははしたない。何をされても耐えるようにするのが一番いいと教えられてきたの」

「そうか、じゃあ、前戯も知らないわけだ」

秘部を触るとまだ少し湿っているだけで濡《ぬ》れていなかった。

このままいれてもいいが、それだと気持ちよくない。

まあ、俺は相手が濡れてなくてもぶちこんできたが、それは復讐《ふくしゅう》相手であり、相手が嫌がり痛がるのが愉《たの》しかっただけであって、何も普通のセックスでやりたくはない。

痛めつけるのが楽しいサディストではないし、そもそも女が濡れてない上に慣れてないとこっちも痛いばかりで気持ちよくない。

舌を使い、唾液で濡らしながら秘部を刺激していく。

「ひゃうっ、そんなところ、舐《な》めるなんて、嘘《うそ》、こんなこと、みんなしてるの⁉」

俺の頭を押さえつつ、未知の感覚に身体を震わせる。

俺の唾液ではなく、ラグナ嬢の愛液が混じり膣《ちつ》内が濡れてくる。

そのタイミングでクリトリスの皮を剝《む》く、オナニーもしたことがないのかしっかり皮を被っていて、痛くならないようにかなり気を使って露出させ、指ではなく舌で舐めて軽く吸う。

「んんんっ、きゃっ、んんんっ」

声にならない声を押し殺しているようだ。

その感覚に慣れてきたところで、今度は舌じゃなく指で少しだけ強く擦ると、より快感が大きくなって漏れる声が大きくなってきた。

すっかり濡れてきたので顔をあげる。

「みんなかは知らないが、こういうのをやる種族もいる」

「はあはあはあ、子作りに必要なさそうなのに」

「別にエッチするのは子供を作るためだけじゃない、気持ちよくなるために、愛を確認するためにだってやる」

前戯をせずに突っ込むだけっていうストロングな種族もいる。

無理やりでも挿入すれば、そのうち濡れてくるので困りはしないだろうが味気ない。

「そうなの？　世界は広いわ。その、女が男をこうして喜ばす方法もあるの？」

おそるおそるという感じで聞いてくる。

「まあ、いろいろとあるが今はいい」

「遠慮しているの？」

「いや、今すぐいれたい。男を喜ばす方法は今度学んでくれ。次までの宿題だ」

口でしてもらうのも嫌いじゃないが、俺は我慢強いほうじゃない。

すっかり出来上がっている女がいるんだ。

口よりも膣に突っ込んで精を吐き出したい。

「ええ、じゃあ、その、お願いするわ」

「いれるぞ」

そう宣言して、俺のを押し当てるとびくりと身体が震える。

わざとらしくそこを広げてからゆっくりと挿入していく。

不思議な感覚だ。処女特有の硬さがあるのに、しっかりと迎えいれてくれる。

せまく締めあげてくるのに拒絶している感じはしない。

そして熱い。

赤竜人族は人よりだいぶ体温が高いようだ。こういう感覚ははじめてかもしれない。

「痛くないか？」

「竜は痛みに強いの。知らなかった？　それより、なにか、ふわふわして変な感覚ね、ひぐっ」

「面白い声だ」

「いきなり、押し込まないでっ、こっちにも心の準備があるのに！」

「痛くないってのが演技じゃなさそうだからな、我慢をやめたんだ」

本当に痛がっていない。

目が潤んでいるし、そこはより濡れて俺のを包み込んでくれている。

とはいえ、動くには慣らしが必要そうだ。

じっくりと馴染《なじ》むまで奥にいれたままで胸だけじゃなく、翼や尾の付け根を撫でる。

「そこ、くすぐったいわ」

「へえ、竜は尻尾の付け根が性感帯なのか？　わかりやすい反応だ」

翼はとくに反応はなかったが、尻尾の付け根、それも上側のほうはわかりやすすぎるぐらいに反応する。ラグナ嬢の反応が俺のを通じて伝わってくるのが楽しく、なんども擦ったりつついたりしてしまう。

「だめ、いれられながら、そうされると、ふわふわが強くなるの」

「そのようだな、おかげでだいぶほぐれて俺のに慣れてきたようだ……動かすぞ」

俺の問いに答える余裕がなくてコクリと頷く。

そんなラグナ嬢に微笑《ほほえ》みかけて腰を動かす。

相変わらずきつくて、でも招き入れる不思議な感覚、そして熱い。

ラグナ嬢のあそこが俺のを絞りとろうとしている。

奥を突く度にはじめてだというのに嬌声《きょうせい》をあげる。

「気持ちいい、怖かったけど、エッチって気持ちいいのね。あんっ」

「ああ、そうだな。そういうものだ」

「うふふ、癖になっちゃいそう、これ、好きかもしれないわ」

気がつけばラグナ嬢のほうからも腰を打ち付けてくる。

かなりエッチの素質がありそうだ。

腰だけじゃなく、手を首の後ろに回された。

彼女の目が妖艶に輝く。

さらに膣内が動き、出そうになってしまった。やばい、これでは俺は早漏じゃないか。

「あなた、出そうなのね。我慢している顔、可愛い」

「急に余裕が出てきたな」

「だって、気持ちいいもの、それに愛《いと》おしくなってきた。食べちゃいたいぐらいに」

主導権を奪われるのが勘にさわり、感じるポイントを探りつつより強く速く打ちつける。

ラグナ嬢はグラインドを小さく、小刻みに奥のほうを攻められるのが好きらしい。

そうしてやると余裕がなくなり、喘《あえ》ぐしかなくなる。

だが、その代償に俺も限界が近づく。

先にラグナ嬢が絶頂した。

「あっ、ふわふわが、爆発して、これ、なに、これ、んんんんんんんんっ」

背筋をのけぞらせて、痙攣《けいれん》した。

スニーカー文庫4月の新刊
2024
4
April
スニーカーNAVI
なんでもやりたい放題!?
催眠アプリがあれば、
新作
手に入れた催眠アプリで夢のハーレム生活を送りたい
みょん　イラスト／マッパニナッタ
催眠アプリで夢のハーレムを築くはずだったのに
……「なんでヒロイン全員トラブルを抱えている
だよ!?」自称クズな主人公がエッチなご褒美目当
で人助けに大奔走!?　催眠×ハーレムラブコメ！
みょん2作同時刊行♡
テストのご褒美は、
「美人姉妹とのえちえち温泉旅行!」
男嫌いな美人姉妹を名前も告げずに助けたら一体どうなる?4
みょん　イラスト／ぎうにう
姉妹に見合う男になるため、まず
目の前の中間テストを乗り越えな
れば。その後は新条家との温泉旅
——いやこれは……むしろご褒美
は？　初めてのしっぽり温泉旅行
非日常なドキドキの連続で!?

全員が最強。全員が英雄。一人だけが、勇者。
3lu-ray BOX毎回特典
①スペシャルBOX
②原作イラスト・クレタ 描き下ろしデジパック
③原作・珪素 書き下ろし小説
④アニメ描き下ろし表紙付き 設定資料集
⑤1話絵コンテ
⑥ノンクレジットOP・ED
⑦PV・CM集
DVD毎回特典
①原作イラスト・クレタ 描き下ろしジャケット
②ノンクレジットOP・ED
③PV・CM集
lu-ray BOX】品番:ZMAZ-17361
格:27,500円（税抜き25,000円）
VD】品番:ZMSZ-17371
格:16,500円（税抜き15,000円）
3lu-ray BOX&DVD
5.29【wed】on Sale
異修羅
公式サイト https://ishura-anime.com/
X（Twitter） @ishura_anime
2023 珪素/KADOKAWA/異修羅製作委員会

悪役令嬢
レベル
Lv.99
~私は裏ボスですが魔王ではありません~
公式サイト
tps://akuyakulv99-anime.com/
公式X akuyakuLV99
Blu-ray&DVD第1巻
Now on Sale
初回生産特典
●特製アウターケース
●キャラクターデザイン・海保仁美 描き下ろしデジパック
●特製ブックレット
原作・七夕さとり書き下ろし小説&
原作イラスト・Tea描き下ろしイラスト収録
毎回特典
●ノンクレジットOP／ED
【Blu-ray】品番:ZMXZ-17261
価格:14,300円（税抜価格13,000円）
【DVD】品番:ZMBZ-17271
価格:12,100円（税抜価格11,000円）
転生したのは乙女ゲームの悪役令嬢。
レベル上げに興じていたら
うっかり世界最強に…!
七夕さとり・Tea・のこみ／KADOKAWA／「悪役令嬢レベル99」製作委員会

ゲーム知識でリュディを覚醒させ、
エルフの国を危機から救え！
アニメ化
企画
進行中
マジカル★エクスプローラー
エロゲの友人キャラに転生したけど、
ゲーム知識使って自由に生きる10
入栖　イラスト／神奈月昇

次なる暗躍は――
リーゼロッテ&エルナと共に
藩国攻略を成せ！
アニメ化
企画
進行中
最強出涸らし皇子の暗躍帝位争い13
無能を演じるSSランク皇子は
皇位継承戦を影から支配する
タンバ　イラスト／夕薙

ついに
この日が来たね
真の仲間じゃないと勇者のパーティーを
追い出されたので、辺境で
スローライフすることにしました14
ざっぽん　イラスト／やすも
戦争も終わり一層平和になったゾルタンで、レッドとリットは結婚式を挙げる決意を固めた。招待状を出し、衣装を仕立てて……、ふたりで始めた辺境ライフは、ついにみんなに祝福されて幸せ溢れるこの日を迎える――！

なのに、がっちりと足でとらえられ、首に回された手により力が入り、あそこの締め上げはさらに強くなる。ただでさえ限界が近いところだったのに、そうして締め上げられラグナ嬢の痙攣が俺のにダイレクトに伝わったことで俺も限界に達して精を吐き出した。

ラグナ嬢の身体は無意識に俺をとらえ続け、出し終わるまでぜったいに離さないと拘束してきた。

「あはっ、熱い、これがあなたの精。たくさん出てる、中でどくどくしてるわ」

「はじめてのエッチでこれとは末恐ろしいな」

ぜんぶ出しても離してくれず、しばらくしてからようやくラグナ嬢の膣内から己を引き抜くことができた。

そのときも膣内はうねり俺のを搾り取り続け、驚いたことに引き抜いたあとも、大量に出した精液は一滴もこぼれなかった。

「竜の生命力はすごいのよ。強い男を、遺伝子を求める。みたいな話を聞いたことがあるわ」

「たしかにすごい」

いろんな種族と愛し合ったが、ここまで貪欲に精を搾り取られたことはない。

「うふっ、まだ硬い」

「なっ、ラグナ嬢、何を」

俺のをラグナ嬢が握っていた。ただ握っただけ、なのにさきほどの痴態を思い出して反応し、勃起していた。

「ねえ、まだできる？」

「できはするが」

そう言うとラグナ嬢が俺を押し倒してまたがってきた。

「やり方は覚えたわ。じゃあ、今度は私がやる番ね」

そうして俺のに手を当て、それを秘部に導き腰を下ろす。

かなり強引で力任せに腰を動かす。

「あはっ、気持ちいい、ケヤル殿の、これ、いい」

自分の気持ちいいところに押し当て擦り付ける。俺のことなどまったく考えてない腰の動かし方。まるでおもちゃを使ってのオナニーのようだ。

なのに、気持ちいい。

ラグナ嬢のそこは精を搾り取る形をしているようで抗えない。

「少しは加減しろ」

「嫌」

即答だった。嗜虐《しぎゃく》的な目を爛々《らんらん》と輝かせたまま、さらに自分勝手に乱暴に動かされ、ついには二度目の精を吐き出してしまった。

満足そうにラグナ嬢は微笑む。

まだ、俺のをいれたまま。

「ねえ、ケヤル殿」

「なんだ？」

「まだ、できるわよね」

それは完全に狩猟者の顔だった。

そして、ベッドの俺は獲物だった。

……俺は竜をなめていたのかもしれない。最強種はベッドの上でも最強だったのか。

◇

朝日が差し込んできて目が覚める。

「……俺じゃなければ死んでたな」

あれから何度も愛し合って、いろんなものでドロドロになった。

どうやら竜の女というのは性欲も体力も底なしらしい。

数多《あまた》の女と愛し合ってきたが、ここまで性欲が強い相手ははじめてだ。

気持ちよかったし満足だが。

とはいえ、毎日だと身体がもたない。

【回復《ヒール》】すればいいのだが、エッチのときにするのは嫌いだ。

なんというか、それをした瞬間に作業へと成り下がってしまう気がする。

「ケヤル殿、おはよう。その、我を忘れてごめんなさい。自分でも知らなかったの。妾《わらわ》がこんなにエッチな子だったなんて」

「妾に戻ったのか」

「私って言うのはエッチのときだけに決めたの。せっかく妾が板に付いてきたのに、コロコロ変えてたらボロが出ちゃう」

……そこを気にしていたのか。妾でも似合っているし、ラグナ嬢の場合、強がって無理しているところも可愛らしいので無理やり直させる必要もないだろう。

「その、あれだ。これで責任を取らなきゃならなくなった。少しは安心したか」

「ええ、安心したわ。本当の本当に責任取ってもらうからね。旦那様」

そう言って手を握ってくる。

ああ、悪くないな。こういうの。

なんというか、随分と人間らしい愛し合い方だと思った。

もし、出会い方が違えばフレア王女たちともまともに恋をして愛し合ったのか？

いや、ないな。

たとえ生まれ変わっても、フレア王女と愛し合う未来が見えない。

「それじゃ、行こうか。これから忙しくなる。俺もラグナ嬢もな」

「望むところよ。お互いの未来のためにがんばりましょう」

セックスをしたせいか、より俺の女だと思えるようになった。

俺も単純なものだ。

俺の女になった以上、俺が守る。

俺自身がそう決めた。

第十二話　回復術士は黒幕を暴く

朝からラグナ嬢と少々いちゃついたあとに簡単な朝食を済ませた。

気を利かせて黒翼族の子が軽食を届けてくれている。

昼になってから会議室に主要人物を集めて打ち合わせをする。口火を切ったのは魔王イヴだ。

「昨日はお楽しみだったようだね」

「まあな。そう拗ねるな、今日はイヴを可愛がってやる」

「そんなの頼んでないよ！」

イヴとじゃれ合いつつ参加者を確認する。

俺とラグナ嬢の他にはイヴとヒセキ、それに黒翼族と赤竜人族の代表格数名。

「ヒセキとイヴが作った俺の領地での取り決めは目を通させてもらった」

「むろん妾もだ」

俺とラグナ嬢はイヴとヒセキの二人が決めた領地での取り決めを会議前に知らされてい

た。

俺とイヴはこの打ち合わせ後に魔王城に戻らなければならない、その前にいろいろと決めておきたかった。

「結論から先に言うと、この案を承認する。細々とした点の調整は必要だが、それはここで過ごしながら適宜でいいだろう。酒の席で決めた割には随分しっかりしたルールだ」

「ふふんっ。慣れてるからね。戦乱が長くて種族同士が一時的に身を寄せあうなんて日常茶飯事だもん。とくに黒翼族は迫害歴が長くて、いろんなところでお世話になったし」

「うむ、魔王が変わるたびに情勢が一変しますからな。その度に住処《すみか》を追われたり、敵味方が入れ替わったり。まあ、慣れているのだよ。我ら赤竜人族は最強であるが故に一族ごと食客として招かれることも多いしのう」

なるほど、二つの種族は両方とも同居慣れしているのか。

「それでこれからについてだが」

「我が主よ。それについては我から説明しよう。資料も用意した」

「やはりヒセキはできる男だな」

「ありがたきお言葉」

ヒセキが資料をもとに説明してくれる。手慣れていてわかりやすい。

これから赤竜人族は家の建造を続けつつ井戸などのインフラ整備を行うらしい。

そして、黒翼族は聖地を守るための結界の準備を優先する。

それらが一段落してから畑に手を出すようだ。

「この資料によると支援物資は不要とのことだが……。魔王城に戻った際に支援物資を発注しようと思っていた。本当に必要ないのか？」

「気持ちだけ受け取っておきましょう。赤竜人族の里にあった倉は破られておらず中身が無事でした。なにより大ミミズの肉が大量にありますからな。それがさらに増える」

「たしかに。一匹だけでも領民全員が一冬越えられそうなのにあと三匹もこれから狩るからな……。食料の支援どころか、大ミミズの肉を売る手配をしたほうがいいかもな」

「それがいいですぞ。赤竜人族秘伝の製法で作った干し肉であれば三年は保つ。他種族にもなかなか評判がいい。なにより大ミミズはうまい、飛ぶように売れるでしょうな。その金でいろいろとできますぞ」

大ミミズはまだ数匹いて、元気に開拓をしてくれている。

そして、これ以上放置すると豊かな恵みを与えてくれる森まで喰《く》らい尽くすということで、一匹を残して殺してしまいたいと黒翼族から報告があった。

開拓に便利な大ミミズがめったに使われないのは、すぐにでかくなるし、繁殖力も旺盛で呆《あき》れるほど強いかららしい。

さらにでかくなり、数が増えれば竜ですら手が付けられなくなる。そして、やつらがすべてを食い尽くすのを止められなくなってしまう。

　だから開拓には便利とわかっていても、まず使われないどころか、魔王軍によって使用禁止されているらしい。

　……なのに便利すぎてこっそり使っている種族がちらほらいると魔王イヴは付け加えた。

「計画書によると一匹だけ残すそうだが、ほんとうに大丈夫か？　万が一、逃げられたら、でかくなって増えながら、すべてを食い尽くしていくんだろう」

　それに答えたのはヒセキではなくイヴだ。

　いつものドヤ顔でふふんと鼻を鳴らした。

「黒翼族の儀式魔術で、擬似的な時間停止をすれば封印できるよ」

「そんな高度な術式をイヴが使えるとはな」

「そういうのが得意な子たちがいるの。私には才能があるけど、たくさんの勉強と修練が必要な術式だからできないよ」

　ドヤ顔で言うことではない。

「……まったくイヴは。せっかく封印できるのなら、もっと残していいんじゃないか？　今後も使うかもしれないだろう。数があったほうが便利じゃないか？」

　放っておけば世界を滅ぼしかねないが便利なことには変わりない。

「一匹残しておけば、切って増やせるよ。切ったはしから再生し始めるしね。こっちに連れてきたときも小さいのを五等分したんだ。それがいつの間にか全部、あんなに大きくなっちゃった。だからこそ、危険なんだよ。一匹でも逃がせば大惨事。封印はほんと厳重にやらなきゃなんないし、管理の手間を考えると一匹だけにしたいな」

「あれだけ便利なのに公には禁止されているわけだ」

赤竜人族の英雄と怪獣大決戦できるぐらいには強く、森を食い尽くしかねないのが、切られるたびに分裂するとか悪夢だ。

未開の地に片っ端から放つなんてことを考えていたが計画中止だ。

「とにかく肉は売るほどあるとして、野菜や穀物なんかは大丈夫か？」

俺の問いに赤竜人族の英雄、ヒセキが頷《うなず》く。

「うむ、今の人口であれば、森の実りだけで十分賄える。昨日のうちに若いものたちが森を散策したが、想像以上に山菜もきのこも木の実も豊富だ。種付け用の籾《もみ》も手元にある」

「わかった。なら、食料支援はしない。今回はとくに何も用意しないが、食料だけじゃなく、布でも道具でも必要そうなものがあればなんでも言ってくれ」

「うむ、下のものに要望をまとめさせておこう」

「じゃあ、私のほうで黒翼族のほうも取りまとめしとくよ」

それで領地の問題はいいだろう。

税制なんかも決めないといけないのだが、それは生活基盤を整えてからの話だ。

とりあえず、俺の権限で二年間は税を取らないとだけ決めておいた。

イヴの秘書、星兎族のラピスにも確認をとったが、新たに領地を開拓していく場合、そういう特例があるのだとか。

まあ、そうしないと開拓なんて進まないだろう。

なんせ不毛の地を農地に変えている間は収穫なんてない。税を収めるために既存の土地で農業をして開拓が進まないなんて本末転倒だ。

「さて、じゃあ、ここからは領地の中ではなく、外の話だ」

場の空気が一気に引き締まる。

領内のことは、なあなあで済む。

というか黒翼族も赤竜人族も極めて生存力が高い。近くに水と森があれば、生きていくだけならどうにでもできてしまう。

しかし、政治の話となれば話は別だ。

「俺はこれから魔王城にイヴを引き連れて戻る。そして、領地の立ち上げを申請し、正式に八大種族から認可を受けるつもりだ」

そのための根回しはすでにしていた。

実は前回、魔王城に行ったときに赤竜人族の移住とラグナ嬢との婚姻まで話すつもりではあったが、ヒセキの進言で赤竜人族からの和平提案と、俺が領主になるための準備をするという報告のみに留《とど》めていた。

イヴはにやりと笑う。

「これでケヤルも領主様だね。責任と仕事を押し付けちゃうよ」

「茶化《ちゃか》すのは後にしてくれ。申請の際、領民については……領地を奪われ、迫害され、散り散りになった黒翼族たちを中心に難民たちを受け入れるとしてある」

それを聞いて、ラグナ嬢やヒセキたちの顔色が少しだけ変わった。

ヒセキのやつは役者だ。

なにせ、これはヒセキの策だ。

前回の魔王城訪問でその策を聞いて、直前で赤竜人族の移住について話さないと決断をした。

もっともその策をさらに攻撃的にいじっているが。

ラグナ嬢が俺を見つめて口を開く。

「我ら赤竜人族を軽んじているということか？　妾《わらわ》たちは黒翼族のおまけに過ぎぬと？」

俺が言ったことは、そういうことだ。

実際、申請書の文面も黒翼族とその他大勢としか読めない。

わざとそう書いてある。

「まず、俺の心情としては黒翼族と赤竜人族に上下はない。これは罠《わな》だ」

「罠？」

「ああ、もともと赤竜人族の里が魔王軍を名乗る何者かによって襲撃されたことからすべてが始まっている。そいつらの目論見《もくろみ》は最強種である赤竜人族と魔王陣営の衝突。……改めて言うが魔王であるイヴは旧魔王勢力の排除も迫害も望んでいない。赤竜人族の里を襲撃したのは魔王の意思ではない。おそらくは魔王城に潜んでいるであろう裏切り者による策略だ」

俺の言葉にこくこくと魔王であるイヴが頷《うなず》いた。

「うん、私は全部を終わりにしたいんだ。そりゃ、私たち黒翼族は前の魔王と、その取り巻きからひどいことされたけど。その仕返しに私がひどいことしたら、別の種族が魔王になったとき、またひどいことをされちゃう……そういうのは終わりにしたい。だから、旧魔王に寵愛《ちょうあい》されていた種族への迫害は禁止している、そう勅令を出した」

ラグナ嬢もヒセキたちも複雑そうな顔をしていた。

頭では理解していても、それを信じられない。

もともと今の魔王陣営に対して反感を持っている種族は、イヴのその勅令すら油断させるための罠だと思っている。

事実、魔王軍を名乗る何者かによって赤竜人族は襲撃されていた。

「その、裏切り者を炙《あぶ》りだすために妾たち赤竜人族のことはいったん隠すというわけね」

「その通りだ。赤竜人族のことは伏せたまま、最短でこの領地を認可させ、領地の成立を盛大に披露する場を用意する。その会場はもちろん、この領地だ。当然、八大種族の長を集める。魔王軍を名乗って赤竜人族を襲わせた裏切り者は必ず、八大種族にいる」

そうでなければ辻褄《つじつま》が合わない。今、魔族領域で赤竜人族の里を滅ぼせるだけの力を振るえるのはイヴを魔王にする戦いで活躍した八大種族だけだ。

「魔王陣営にいる裏切り者は、招かれた場で赤竜人族たちを見て、ボロを出すというわけね」

「ああ、それにヒセキならわかるはずだ。赤竜人族たちは里を襲撃され、敗走した。そのときの記憶が朧気《おぼろげ》だったと言ったな。それでも一流の戦士であるなら」

ヒセキはなぜか、戦場での記憶が曖昧だった。

記憶操作を受けていると考えるべきだ。

「うむ、記憶操作を受けていようが〝わかる〟。理屈ではなく、強者との戦いは魂に刻まれる。記憶になくとも、我を負かした相手ならば目にすればわかる」

理屈ではなく、強者とはそういうものだ」

一度相対した強者は忘れない。

「そいつらが実際に来るかは賭けだが、仕掛けはする。すでに黒騎士が裏切り者を捜しているという噂《うわさ》は流れている。実際に何人か処罰しているしな。そんな黒騎士が領主となる地に招かれるんだ。裏切り者なら、敵地に保険を持たずに来ることはない」

「であるな。裏切り者は自らが謀略にふけるからこそ、謀略を恐れる、急遽《きゅうきょ》、黒騎士の領地が完成したから祝いに来いなどと言われれば、それが己を処罰するための謀略だと疑う。最強のカードがあるのであれば必ず用意する」

そうでなければ、ただの間抜けだ。

「魔王陣営にいるであろう、裏切り者はおそらく俺とイヴに勝てない。勝てる戦力があれば、赤竜人族をけしかけたりしない。……もし、赤竜人族が各地でゲリラ戦を展開すれば確実に俺が迎撃に出るだろう。赤竜人族に対抗できるのは俺ぐらいだ。そうなればイヴと俺は分断される。そこを狙っていたはずだ」

「逆に言えば、ケヤル殿を引き離しさえすれば魔王様相手でも勝てると踏んでいる、その自信が過信でなければ恐ろしい戦力であるな。我らが敗北したのも納得できる」

「ああ、うまく裏切り者を罠にはめられたとしてもそこから先は死闘になるだろうな」

赤竜人族のメンツのためにあえて口にはしないが、その何者かはただ赤竜人族に勝っただけではない。

赤竜人族が戦力を残したまま敗走を成功させたと思わせるように戦場をコントロールしている。力の差がよほどなければ無理なこと。

そんな戦力があれば最強とされる魔王イヴですら、倒せてしまうかもしれない。

「そして、あえて赤竜人族の存在をぎりぎりまで隠すのにはもう一つだけ理由がある」

「その理由とは？」

「無理やり、魔王陣営に赤竜人族を引き入れるためだ。領地の認可を通す際に赤竜人族が中心と書けば八大種族の長《おさ》は必ず騒ぎたてるだろ？　だが、すでに領地が認可されたあとなら止められない」

「ほう、我が主。それは我らのためだけではないでしょう」

「ああ、旧魔王陣営を引き入れたという実績を作りたい。魔王イヴの融和路線は本物だと、改めて世界に知らしめる。君たちを利用する形になる。許してくれるか？」

魔王陣営の中心である八大種族と、魔王の右腕である俺の発言権は同格。

そして、俺が領地を立ち上げ、その中心に赤竜人族が加わったとなれば必然的に魔王陣営の中で赤竜人族が強い発言権を持つ。

さらに言えば、俺はものぐさ領主なので実質的な俺の領地の運営はラグナ嬢とヒセキにぶん投げるつもりだ。

俺の代役として、今後魔王城の重大会議にはこの二人が出ることになる。

実質的に、八大種族＋赤竜人族という政治体系となる。

「妾は認める。今の魔王陣営に対して我ら赤竜人族は恨みを持っていない。我が夫と共に歩く道を選ぶ」

「うむ、我も断る理由がない。この一手は魔王イヴ様の意思に反し、旧魔王陣営を迫害しようとする種族たちに対しても、権力を取り戻そうとする旧魔王陣営、どちらにも強い牽《けん》制《せい》となる。我が主は恐ろしい人だ。我の進言を取り入れた上で、さらに上の策を考案するとは。我らを引き入れると決めたときからこの絵を描いていたのか」

ヒセキの言葉を受けて、イヴとラグナ嬢が尊敬の目で見てくる。

俺は意味ありげに微笑《ほほえ》む。

……そんなわけはない。状況を逐一アドバイサーのエレンに報告した結果、こうなるように誘導されただけだ。

俺は現場でのとっさの判断力はある。有能な下士官ではあるが視野が狭い。将校にも政治家にも向かない。政治の話などわからない。

だが、ここでそれを正直に言うほど馬鹿でもない。過大評価されたほうが都合はいい。

「俺はイヴもラグナも幸せにする。おまえたちの一族ごとな。だから、ついてきてくれ」

「ケヤル殿、妾は一生ついていくわ」

「ケヤルって身内には甘いよね」

逆に言えば、身内じゃない連中には鬼になるのだが。

さて、裏切り者は焦るだろう。

イヴを殺し、自身の種族の魔王を生み出すために赤竜人族を駒にした。

なのに、その赤竜人族が魔王側に下ったのだから。

だが、なぜだろうか？

嫌な予感がする。

首の裏のちりちりが消えない。

すべてがうまくいくはずなのに。

最悪なことに、俺の嫌な予感は外れたことがない。

第十三話　回復術士は愛人を救う

魔王城に着いてからは慌ただしい日々が続いていた。

イヴはさっそく家臣たちに拉致られて、不在時に溜《た》まりに溜まった仕事と共に執務室に閉じ込められていた。

俺も似たようなもので、黒騎士として与えられた部屋で書類とにらめっこだ。

イヴを魔王にした際の褒美として与えられていた領地を正式に受け取って、領主になる。

ただ、それだけのことなのに必要な申請やら会議やら教育やらが山ほどあった。

前回来たときに、領地の受け取りのみに留《とど》めておいて良かった。じゃなきゃ、身動きが取れなくなっていただろう。

「……ラピス、悪いな。イヴのお守りだけじゃなく俺のお守りまで」

「いえ、悪くはないです。ケヤル様からいただいた恩の千分の一も返せていませんから」

さすが魔王の秘書で俺の愛人だ。

相変わらず太ももがむっちりとしてエロい。

星兎族共通の特徴ではあるが、ラピスのはとくにエロい。ただ太いというわけではなくエロい。

「そうか、甘えさせてもらう。イヴのほうは大丈夫なのか？」

「イヴ様は父が面倒を見ていますから」

「それなら安心だ」

ラピスの父、星兎族の元族長は超がつくほど有能だ。イヴをうまく操っててきぱきと仕事を終わらせていくだろう。

「それとな、イヴから聞いたぞ。俺たちの関係をイヴに話していたそうじゃないか」

「私は秘書で、あの子の姉代わりです。裏切りたくありません。きっちりとイヴ様に話した上で、そういう禁断の関係ごっこを楽しんでいました」

「ラピスに騙《だま》されるのは納得できるが……イヴの気づいてないふりを見抜けなかったのは悔しいな」

よくも悪くも単純な子で嘘《うそ》が苦手だ。

そんなイヴの手の平の上で転がされていたことが悔しい。

「ああ見えても、ちゃんと女なんです。男を手玉に取るぐらいはできます。すぐにイヴ様を子供扱いする癖は直したほうがいいですよ」

「そうかもな。恋人扱いはしているんだが、たまに手がかかる妹のように見えてしまってな」

「やることはやるくせに」

「違いない。気をつけよう」

ただ、イヴのほうも子供扱いを嫌がってはいない。

口では子供扱いするなと怒りつつも、内心では受け入れている。

魔王になんてなってしまって甘えられる相手が俺かラピスぐらいになったからというのもあるのだろう。

「これで書類関連はすべて終わりました。あとは形式的な打ち合わせをいくつか済ませれば新たな領地が認められます。一番、面倒な儀式は昨日終わりましたし」

「まったく、騎士の受勲式じゃないんだから大げさな式典は遠慮願いたかった。わざわざ身内だけの式で、あんな高価な服を作るなんてもったいない。たぶん二度と着ないぞ？」

つい先日、領主の任命式を魔王城で行った。

こっちのほうは魔王城内の重役たちの前で魔王イヴが領地を託し、新たな領主の誕生を認めるというもの。

大げさな衣装を着させられ、作法を叩《たた》き込まれ面倒なことこの上なかった。

「お疲れ様です。あの服、似合っていましたよ」

「世辞でもうれしいよ……それとな星兎族のことだけどな」

「なんでしょう？」

「俺の領地に来ないか？　おまえたちは十分に罪を償った。星兎族が二重スパイになったから旧魔王を倒せた。それに加え、現魔王政権になってからの功績も大きい。恩赦を与えるための建前は揃ってる。個人的にも感謝してる。ラピスたちがいなければ、イヴは潰れていただろう。いい加減、星兎族は、いやラピスは幸せになってもいいんじゃないか？」

「……それは、その」

まだイヴが魔王になる前、魔王が死ねば次の魔王になる魔王候補を抱えた種族で反魔王陣営を作り、旧魔王陣営と戦っていた。そのとき星兎族こそが反魔王勢力の中心だった。

しかし、星兎族の長は反魔王勢力の情報を売っていた裏切り者だった。

星兎族の長は娘のラピスの病を治せる薬と引き換えに情報を売り渡していた。

しかし、その薬こそが毒でラピスの病の原因だった。

それを俺が見抜き、星兎族たちは旧魔王を憎み、二重スパイとなり勝利に貢献した。

イヴが魔王になったあとは、責任を取って裏切りの主犯だった星兎族の長が処刑された。

……ということにして、長は俺の【改変《ヒール》】で顔を変え、別人としてイヴをラピスと共に支えてくれている。

しかし、裏切り者だったという事実は消えない。

星兎族たちは現魔王陣営の中枢たる八大種族には選ばれず、それどころか八大種族に仕えている。持っていた領地は奪われ、散り散りとなって様々な種族のもとで裏切り者と蔑まれながら働き、奉仕することで罪を償っていた。

「父がしたことは許されることじゃありません」

「許さないって誰がだ？　俺とイヴが許している。何の問題がある」

「私たちが情報を売ったせいで多くの同胞が死にました。ケヤル様が思っているより、ずっと私たちを恨んでいる人は多いです。そんな私たちが救われれば反感が出ます。その反感がイヴ様やケヤル様に向くことになるでしょう」

「恨みや反感なんて、とっくにあほほど買っているさ。今更だ」

そんなものが怖いのなら黒騎士となって裏切り者の始末なんてやってない。

「もう一度言う。ラピスも星兎族も十分に償った。もう幸せになっていいんじゃないか？　一生、昔の仲間に奉仕して、へこへこ頭を下げて終わるのか？　それを一族郎党に強いるのか？」

「……私と父の罪は大きいです。そんなふうに割り切れないです」

「割り切れ、このままじゃ星兎族全員不幸だ。それを見て心を痛めるラピスはもう見たくない」

「それでも、私は」

「でもでもだってはもういい。過ぎたことはどうにもならない。これからのことを考えろ。

どうしたいか言え、建前はいらない。文句言うやつがいるなら俺がなんとかする」

「どうしてそこまで」

「イヴの姉代わりなんだろ？　なら、家族みたいなもんだ。それにな、俺の大事な愛人だ」

「恋人や嫁ではないのですね」

俺の微笑《ほほえ》みかけに苦笑で返してくる。

仕方ないなと言いたげな、でも本心では喜んでいるそんな顔だ。

「ラピスはそっちのほうがいいだろ？」

肌を重ねてなんとなくわかる感覚がある。

なんというか、これぐらいの距離感がちょうどいい。お互い、そう思っている。

「うふっ、そうですね。なんか、そっちのほうが燃えます……本音を言うなら、星兎族のことお願いしたいです。みんなに幸せになってほしい」

「それが本音ならそうしよう。撤回は聞かない。何を言おうが、ラピスの本音を聞いた以上、そうする」

「強引な人ですね」

「知らなかったのか？」

「知ってました。ありがとう……今の長《おさ》に連絡を取ります、きっと喜んでくれるはずです」

表向き、長が処刑された後もラピスは長を継げなかった。

裏切り者の娘だからだ。

イヴの秘書にすることすら数多《あまた》の反対があった、だから裏切り者の監視という名目にして無理やり周りを納得させた。

ただ、今でも星兎族たちはラピス親子こそが真の長だと思っている。彼女が声をかければ、星兎族たちは従うだろう。

「ああ、そうしてくれ」

「急いで連絡を取らなきゃ。それとですね、今日のケヤル様は優しいので、その優しさにつけ込んでわがままを一つよろしいですか？」

「構わない、言ってみろ」

「避妊、やめてもいいですか？　愛人として分をわきまえてきましたが、ケヤル様との子供がめちゃくちゃほしくなっちゃいました。だめ、でしょうか？」

そう言って照れくさそうに上目遣いでお願いしてくる。

今思うと、ラピスにおねだりされたのははじめてな気がする。

いつもラピスは俺とイヴを支えて、助けてくれて、何かを頼むことなどなかった。

いや、一度だけ例外があった。

父を助けてほしいと言ったときだけ。

「ああ、いい。子供ができたときは責任を取らせてもらう」

「そっちは期待してませんよ。私がなんとでもしますから」

「俺は浮気性だが、甲斐性《かいしょう》と責任感はある。それぐらいはさせろ」

「では、そのように。いずれ私もケヤル様の領地に行きたいですね」

「いつでも来てくれ。イヴが魔王なんかじゃなければ、今からでも領地に引っ込んで隠居をしたいぐらいだ。他の女もみんな連れてきてさ」

あの領地で愛する女たちと共に過ごす。

そんな日々を考えると悪くない、いや、いいと思った。

血と悪意はもうたくさんだ。

「欲がないんですね。ケヤル様なら世界征服できますよ。人間も魔族も含めて全部」

「世界征服なんて考えただけでぞっとする。……俺は疲れたんだ。世界滅亡の危機とか、復讐《ふくしゅう》とか、殺し合いとか、謀略とか、勇者とか、魔王とかもう心底どうでもいい。俺は、ただ愛する女と静かに幸せに暮らしたいだけなんだ」

ぼそっと漏らした。

本当に何気なく、ただ自然と漏れ出た言葉。

それだけにこれが俺の本心なんだと言ってから気づいた。

「そのセリフ、普通の人みたいです」

「……さんざん頭のおかしなことをやってきた自覚はあるが、はじめからこうだったわけじゃない。もとは普通だったぞ」

「昔はどうだったんですか？」

「リンゴ農家の一人息子だったんだ。一生懸命リンゴを育てていた。苦労して作ったリンゴを美味《おい》しいって食べてくれる人を見るのがうれしかった。両親が大事にしていたリンゴ園を守っていくって決めてたんだ」

「ケヤル様がリンゴ農家？　想像ができません」

「想像できないか？　俺のリンゴパイは絶品だ。買い付けに来た菓子職人にレシピを教えてもらったんだ。村で祝いがあるたびに焼いていた。旬は生のリンゴを使って、時季外れはジャムや瓶詰めで。みんな絶賛してくれてさ。幸せだったな」

「美味しそう、ぜひ、ごちそうしてください」

「そうだな。ラピスだけじゃなくて、みんなに食べさせよう。……ああ、もう随分と作っていない」

リンゴ園を守るのが夢だったはずだ。

一体どこで俺は今の俺になった？

両親が行商に行った帰りに魔物に襲われて死んだ日、こんな悲しいことが起こらないように勇者になって世界を救いたいと祈った。夢が変わったあのときか？

ジオラル城に連れていかれて、道具のように使い潰されたあのときか？

勇者への憧れが絶望に変わった日か？

それとも復讐に身を委ねてフレア王女を痛めつけ犯して復讐者になったあのときか？

俺がなりたかった俺は今の俺なのか？

「ケヤル様、こっちを見てください」

「……びっくりした」

俺の両頬《ほお》をしっかりと手で押さえてまっすぐに目を見てくる。

思考の世界に入り込んだ俺を無理やり引き戻す。

「過ぎたことはどうにもならない。これからのことを考えろ。これ、ついさっきケヤル様が言ったことです」

「たしかに、そう言った」

「ケヤル様が何を悔やんでいるのかは知りませんが、ケヤル様がケヤル様で良かったと思いますよ。そういうケヤル様だったから、私を救ってくれた。私だけじゃないです。リンゴ農家のケヤル様じゃ、出会えない人と出会って、救って、愛されてきたんじゃないですか？　それって、なりたかった自分より大事ですか？」

リンゴ農家のままじゃ、フレイアともセツナともクレハともエレンともイヴともグレンともラピスともラグナとも出会わなかった。

今の人生だから出会った女たち。

「……違うな。リンゴ農家の静かで満ち足りた日々より、最高の女たちとのただれた生活のほうが幸せだ。悪かった、少し疲れていたみたいだ。愛する女のおまけについてくる面倒事ぐらいは甘んじて受け入れないとな。泣き言はこれぐらいにしよう」

「悪くなんてないです。愛人にぐらいカッコ悪いところを見せていいんですよ」

そう言えば、先日は婚姻前のラグナ嬢相手に弱音を吐いたな。

もしかしたら俺は見栄《みえ》っ張りで、恋人や嫁相手に言えないことでも愛人には言えてしまう面倒な男かもしれない。

「ラピスはいい女だな」

「そう見えているなら、私のアピールは成功ですね。ケヤル様の周りにいるのはとびっきりの女の子ばかりですから。ポイントを稼がないと」

はにかみ照れるラピス。

まずいな、これ以上好きになれば愛人じゃなくて嫁にしたくなるじゃないか。

「ごほんっ、ではそろそろお仕事に戻りましょう。もうすぐ約束の時間です」

「そうだったな」

鉄猪族との密談がこのあとに控えている。

「それと、リンゴパイを作ってくれるって約束、守ってくださいね。楽しみにしてますから」

「……わかった。必ず作る。みんなで食べよう」

苦笑する。

リンゴパイのレシピはまだ覚えている。

【回復《ヒール》】によって何千人もの記憶を流し込まれて、俺自身の記憶なんてほとんど押し流されているのに、なぜか消えなかった。

勇者になる前の俺の残骸。

もしかしたら、今はダメでもこれからがんばれば、いつか領地に引っ込んでリンゴ農園をやる未来が来るかもしれない。

ずいぶんと凄《すさ》まじい回り道だが、小さな頃に見た夢が今からでも叶《かな》えられる。

それも、最高の女たちという、夢以上に素晴らしいものを手に入れたままで。

ああ、それはなんて幸せなのだろうか。

第十四話　回復術士は追い詰められる

鉄猪族の長との面会時間になった。

もともと俺は彼らを救うために動いていた。

だからこそ、彼らの里を救ったことと赤竜人族たちの今後を真っ先に伝える必要はある。

文面での報告は数日前に終わらせていたが、直接話すべきだと考えて時間を作っていた。

部屋に入ってきた鉄猪族の長、ファルボはまだ若い。

豪胆で男くさい先代と比べて知的な印象を与える。

部屋に入るなり、長は頭を下げて礼を言った。

しかし、その表情にはやりきれなさと怒りが混じっている。

「赤竜人族の移住が終わり次第、村を解放すると伝えていたな。それが無事終わった」

「ええ、僕も部下から報告を受けました。村の奪還、人質の解放だけではなく、資金と支援物資の手配までしていただけたと。ありがとうございます。我々はケヤル様に救われました」

「その割に不満が隠しきれていない表情だが。まだ赤竜人族のことに納得がいかないか？　ヒセキを思いっきりぶん殴って、それで許すと言っていたじゃないか」

　前回、赤竜人族を殺さずに移住させると話したとき、ヒセキは謝罪し、彼はヒセキを一発殴ることで許すという流れになった。

　礼をして下げていた頭を上げて、それから彼は俺から目をそらしつつ言葉を絞り出す。

「許しましたよ、彼らの蛮行は。……赤竜人族は我らの里を最低限の犠牲で無力化したとあなたに宣《のたま》ったようですが、いったい何人死んだと思っているんだ！　人質たちだって、殺されてはいませんが、ずいぶんと辛く苦しい日々を過ごしてきた。なのに、なのに、ケヤル様は彼らを特別扱いしようとしている」

「そうだな、彼らは豊かな領地で新生活を始める。しかも、俺は赤竜人族に権力を与えようとしているな。ただでさえ、自分たちを迫害してきた旧魔王陣営の中心だったのに。なんてことを気にしているのか？」

　鉄猪族の長はこわばった顔のまま頷《うなず》く。

「ケヤル様、今からでもお考え直しいただけませんか？　たしかに私はヒセキを殴り、彼が鉄猪族へ行った非道を許すと決めました。ですが、その赤竜人族を重用するというのは違うでしょう!?」

「悪いな、俺は赤竜人族を気に入ったし、その姫を娶《めと》る。彼らと仲良くやっていきたい」

「色香に惑わされたと？」

「そうとってもらって構わない」

「それは、あなたのミスで殺してしまった我が父への贖罪《しょくざい》よりも優先すべきことですか？」

本来、俺はイヴを害するものに容赦しない。身内であってもだ。

むしろ、身内だからこそ厳重な処罰を行う。そうすることで次の裏切りを未然に防ぐ。

それこそが黒騎士の役割。

そんな俺が、イヴに暗殺者を差し向けた鉄猪族たちを見逃し、救うために動いたのは贖罪。

俺は旧魔王を倒す際に、判断ミスをして先代の鉄猪族の長《おさ》を見殺しにしてしまった。

あいつはいいやつだった。旧魔王陣営の中で最初に俺を信用してくれたのは彼だ。

だからこそ友情めいたものを感じていた。

「甘えるのもいい加減にしてもらおうか。俺はおまえの父に対して負い目と情がある。だが、それはおまえや鉄猪族に対してのものじゃない。本来なら裏切った時点で一族郎党皆殺しだ。それをやつへの詫《わ》びとして、罪を許し、一族を救ってやった。それ以上を求めるのは傲慢じゃないか？」

「……出過ぎた真似《まね》を。ただ、赤竜人族を引き入れれば、黒翼族を除いた八大種族全ての反感を買いますよ」

「その反感とやらは、赤竜人族という最強種を敵に回して、常に魔族領域すべてで空からの爆撃を怯《おび》えるリスクよりも大きなリスクか？　赤竜人族という旧魔王陣営を引き入れることで、他の旧魔王陣営への牽制《けんせい》になる事実よりも大きな利益をもたらすのか？」

「理屈ではなく感情です」

「感情論で話すのなら、俺は俺の女が大事だよ。納得できないなら、俺の敵になるか？　予《あらかじ》め宣言しておこう。俺は今回のことで先代の長に対する贖罪は終わったと思っている。その意味はわかるな？」

次、敵に回れば容赦しない。

次、魔王イヴの意に反せば粛清する。

次、俺の邪魔をすれば排除する。

彼も長だ。黒騎士の役目なんてわかっているはずだ。

「っ⁉　かしこまりました。失敗しましたね、こちらも赤竜人族と同じことをすればよかった。美姫《びき》を使って籠絡しておけば」

「……鉄猪族の美姫か、まあ、その、うん、そういう手もあったかもな」

社交辞令だ。

残念ながら鉄猪族の女は俺の好みではない。全体的に横幅がでかいし、顔つきもアレだし、がっしりしすぎている。

人間の美的感覚ではかなりきつい。そして、鉄猪族的な価値観で言うと、今言ったような特徴が強調されたようなものが美人扱いされる。

うつむいて何も言えずにいる鉄猪族の長に声をかける。

「ただ、一つだけ安心したことがある。おまえたちが敵じゃなくて良かったよ」

「まさか、我々に、いえ、僕に監視をつけていたのですか？」

「ああ、赤竜人族を俺の領地に移住させるという話をお前だけにはしていただろう？」

「彼らに領主代行をさせて、大きな権限を与えるなんて話までは聞いてませんでしたがね」

嫌味《いやみ》っぽく言ってくる。

いらっとは来るが、心情的に割り切れないのも理解できる。

「その話を漏らすかどうか、ずっと見ていた。幸いなことに、おまえたちが話した形跡も、そのことが噂《うわさ》になっている形跡もなかった」

俺が魔王城に戻ってからすぐに、彼と話をした。

イヴとラピスたちの他には彼にだけ。

その上で監視を付けた。監視が現場を押さえられなくても、噂がたった時点で鉄猪族たちは二度目の裏切りをしたと判断して処罰する手はずだった。

「僕を疑っていたんですか」

「そもそも今回のことが自作自演の可能性があったからな」

鉄猪族こそが黒幕で、わざと赤竜人族たちに自分たちの里を襲わせたなんてことも考えられた。

「僕たちが同胞を犠牲にする策を選ぶとでも!? 侮辱にもほどがある! 我々のことをいったいなんだと」

「どんな事情があっても、先に裏切ったのはそっちだ。だから俺はおまえたちをまた信じるために疑い、シロだったから信じることにした。先代への贖罪は終わったと言ったが、まだ情はある。馬鹿なことをしない限りは気にかけてやる。それ以上は期待しないでくれ」

俺なりの優しさだが伝わることはないだろうな。

そう考えながら、鉄猪族の長が部屋を出ていくのを見送る。

扉に手をかけて、部屋を出る直前向き直ってきた。改めて礼をしてくる。

「一族を救ってくださったことには心より感謝しております。それでも、僕は赤竜人族を優遇することを認められません」

「認めなくてもいいさ、ただ行動に移すのなら俺が敵に回ることは覚えておけ。十中八九周りを巻き込んで破滅する。その覚悟があるならやれ。俺はかつてそうしたぞ」

復讐心《ふくしゅう》。

それがどれだけ熱く、苦しく、止めがたいかを俺はよく知っている。

そして、それが理屈じゃないことも。

「僕は一族を守る立場です。あなたに勝てると思うその日までは、魔王イヴの意思に従います」

それを口にするあたりまだまだ青いな。

反乱の意思がありますと言っているようなもので、殺されても文句は言えない。

「ああ、そのときはこないから安心してくれ。鉄猪族一同、これからもイヴに尽くせ。お互いのためにな」

これからも多少のやんちゃはするだろうが、一線を越えない限りは許そう。

なんだかんだ友の忘れ形見だ。

あとは復讐者仲間としての情？　みたいなものだ。

彼がいなくなってから俺は一人ぼやく。

「さて、黒幕候補が随分と減ってきたな」

鉄猪族がシロとなると、誰がクロになるのだろう？

そのクロをいったいどうしてやろうか？

◇

魔王城でやることをすべて終え、領地に戻ってきた。

あいにくイヴは魔王城に居残りになった。溜《た》まっていた仕事が終わっていないので離れられない。なので、俺の領地で開かれる祝典まで会うことはない。そのことで文句を言っていたが、ラピスに宥《なだ》めてもらった。

「あいつらなら、護衛だけじゃなく話し相手にもなってやれるだろうしな」

魔王イヴを狙う何者かがいる中、俺と分断されているのはまずいため、俺の女たちを魔王城に呼び寄せた。

来ているメンバーは、今や世界一の魔術士となっているフレイアと【剣聖】クレハ、それに氷狼族のセツナだ。

この三人がいれば、俺がいるのと同程度の戦力にはなる。

つまるところ、あの三人がいてイヴを殺せるのなら俺がいたところで同じだ。

そして俺の領地には同行者がいた。

その同行者と共に領内の視察を終えて、屋敷の執務室でお茶を楽しんでいた。

「エレン、こっちに来てもらって悪かったな」

「いえ、自分の目で見たかったのでうれしいですの。ケヤル兄様の領地ですし、私もいずれこちらに住むことになりますからね」

天才軍略家として、あるいは天才政治家と恐れられたノルン姫ことエレン。

魔王イヴの政治の師匠でもある。

そんな彼女が俺の領地に来ていた。

前々からにこにことしている少女だったが、どこか作りもの臭さがあった。それが抜けて純粋無垢《むく》という言葉が似合うようになってきている。

「こっちに住むって、エレンはパナケイア王国に未練はないのか？」

人間の国の中で最強の大国ジオラル王国が新生した国パナケイア王国。

象徴としてフレア王女を立てた上で、実質的な権力者はエレンという構図だった。

「ケヤル兄様のいる場所こそが私の居場所ですから。それにしっかり王国の実務は部下に丸投げしつつ、権力だけは私とケヤル兄様が握る構造は作ってありますの。今はお疲れモードのケヤル兄様が、何かのきっかけで世界征服したいと言い出してもいつでも利用できますよ」

「……それはないと思うが」

冷静に考えると、復讐に人生すべて捧《ささ》げていた男が、今になって面倒なことすべてが終われば隠居したいと思うようになってしまった。

その逆があってもおかしくないかもしれない。

「わざわざこっちに来たのは、領地のアドバイスをするためだけじゃないだろう？」

「ええ、そっちも大事な用事ですが。勇者と魔王のことを話したくて。世界が滅びちゃったら、世界征服も隠居してのスローライフもできないですもの。最優先です」

にっこりとあどけない少女の笑みでとんでもないことを話す。

「ケヤル兄様には隠しているようですが、イヴの黒い衝動の発作が強くなって間隔もだいぶ狭まっているようです」

「ラピスから聞いていて俺も注意深く観察しているところだ。限界が来たら、一か八かグレンの力を借りる」

イヴは俺に弱みを見せたがらない。

甘えん坊ではあるが、魔王絡みの問題はできるだけ強がってみせる。それを俺のスパイこと愛人のラピスが逐一話してくれていた。

黒い衝動による性格の変化、発作の頻度などなど。

それはエレンにも共有するようラピスに指示をしていた。

エレンはジオラル王国をパナケイア王国へと変えていくと共に人間側にある魔王、勇者、神獣の情報を集めていた。

エレンは少し考えこんだあと口を開いた。

「グレンの力とは、先代の神獣から引き継いだ時の力ですか？」

「グレンは正式な時の神獣になった以上は力を貸せないと言っているが、代償を払う覚悟があれば使える。時の力を借りて俺が【回復《ヒール》】すれば、健康な状態に巻き戻せるかもしれない。ああ見えて、グレンは甘いしイヴに懐いている。イヴの命がかかれば力を使うだろう」

その見立てが間違っていないという自信があった。

なんというか、本質的なところで俺とグレンは似ている。

身内は捨てられない。

そして、強くなった俺の【回復《ヒール》】でも魔王の黒い衝動には対抗できなかったが、神獣の力があればあるいは……。

「黒い衝動による、魔王の発狂と破滅衝動。防げないそれも、時間ごと巻き戻せば、治る可能性はありますの。でも、それでは……」

「時間稼ぎにしかならないな。そして、グレンの力を使うのも一度か二度が限界だ」

神獣が人間の利益になることをすれば、その代償を払う。

かつて神鳥カラドリウスはアドバイスをしただけで不可逆に多くの力を失った。

「ケヤル兄様、私には二つ大きな疑問があります。なぜ魔王イヴだけが、こんなにも黒い衝動の進行が早いのでしょう？　歴代魔王すべての情報を集めましたが、どれだけ短くても十年は衝動に苦しめられることなく正気を保っているとあります」

「……勇者殺しの影響かもな」

「時の神獣が言っていた、勇者が勇者を殺せばバランスが崩れるという話ですね？　二つ目の疑問がそれです。それ、おかしいんですの」

エレンの表情から笑顔が消える。

エレンは思考が深まるほど表情が消えていく。

……フレイアの話ではさらにもう一歩、深いトランス状態になると獰猛《どうもう》な笑みを浮かべるらしいが見たことはない。

「何がおかしい？」

「勇者というのは魔王殺しの暗殺者としての運用が基本ですが、軍事力としても極めて優秀な駒。人間同士の戦争でだって使われます。そして、【剣聖】【鷹眼《たかめ》】などのごく一部の例外はありますが、勇者は勇者でないと対抗できない。つまり……」

「戦争においては勇者と勇者の戦いが起こりやすい。勇者が勇者を殺すことなんて、今まで何度ともなく起こってきたということか？」

「ええ、気になって調べた範囲だけでも三十ほどの事例がありましたの。歴史上、勇者が勇者を殺すなんて珍しくもないし、それで問題が起こったこともない。なぜ、ケヤル兄様だけが特別？　十年もたずに黒い衝動が進行している魔王。突然追加されたとしか思えない勇者殺し禁止のルール。なにもかもがおかしい。なにか根本的なところで見落としがありますの」

さすがはエレンだ。

俺は勇者殺しがバランスを崩すと聞いたとき、すぐにそれを受け入れてしまった。

だが、エレンはそれはおかしい。そんなはずはないと即座に気づいた。

視野の広さが違う。

「根本的な見落としか……エレンに心当たりはあるか？」

「あれば言っていますの」

お手上げとばかりにエレンが両手をあげて首を振る。

推測しようにも、材料が足らないらしい。

「ケヤル兄様の意に反するかもしれませんが、聞いてください。私は魔王イヴの衝動を抑えるために、グレンの力を使うのは反対です」

「その理由は？」

「回数制限があるグレンの力を使うのなら、いっそ世界そのものをやり直したほうがいい。使わないといけない状況の時点で詰んでいます。ならば、盤面をひっくり返すべきです。時間稼ぎの代償に、やり直すという最強の手段が取れなくなるのは愚かです」

エレンは自力で自分がノルン姫から【改変《ヒール》】されて今の姿になったことも、俺がやり直していることに気づいていた。

だからこそ、やり直しという手をはじめから考慮にいれている。

「いや、時間が稼げれば、その稼いだ時間で根本的な対策がとれるかもしれない」

「あまりにも手に入る時間が短すぎる。勝率の問題ですよ。いいですか、感情論で勝算の低い手を選べば待っているのは破滅です。こうあってほしいという願いで状況は変わらない」

その言葉はひどく正しい。

グレンの力を借りられる回数は制限がある。

一度でもイヴを治すために使えば、やり直しできなくなるという可能性は十分ある。

「やり直しのほうは、最悪、魔王の心臓で」

「それも怖い。今回のイヴの状態は魔王としてもイレギュラーすぎます。術者の魔術を増幅する魔王の心臓が正しく機能する保証もない……ケヤル兄様、私は何もやり直しを強要しているわけではありませんの」

「……すまない、エレンの思考に追いつけていない」

「損切りのタイミングを逃さないでくださいと言っているのです。私だってケヤル兄様と愛し合った日々を、せっかく仲良くなった人たちとの思い出を失いたくない。全力であがきます。今もあがいています。でも、それはグレンの力を借りなければならない状況に追い込まれるまでと考えています……そこで決断しなければ、取り返しがつかなくなりますよ」

「肝に銘じておく」

損切りか。

俺は俺の女たちとの記憶を、ここまでやってきたことを失いたくない。

そのためにあがきたい。

それはエレンも認めてくれている。

だからこそ、あがく限界を決めてくれた。

それはグレンの力を使わざるをえない状況までという。

「最終的に決めるのはケヤル兄様です。私、今の自分がけっこう好きなんですよ。たぶん、ケヤル兄様に変えられちゃう以前の私より。だから、これからが続けばいいと思っていますの。その思いは一緒だってことは忘れないでください」

「……なんで、俺の周りにいる女はいい女ばっかりなんだろうな」

「ケヤル兄様は女にうるさいですからね。いい子しか残りません。まったく、より好みしすぎですよ」

「そうかもな」

俺とエレンは笑い合う。

ああ、やっぱり手放したくないな。

おかげで、諦めきれないじゃないか。

エレンはこう言っているが、リスクを負ってでもとりあえずイヴを治して、再発するまでになんとかする方法を探すことは悪くないと思える。

やり直せば、俺たちとの絆《きずな》はなかったことになるのだから。

最後に決めるのは俺だ。

幸いなことにまだ決断までに時間がある。それまでにすべてが解決すれば、無用な悩みになる。そのはずだ。

第十五話　回復術士は再会する

いよいよ、俺の領地での祝典が開かれる日がやってきた。

本来、この規模の祝典になってくると関係者を数日前から呼び出してもてなしつつ、当日の段取りを詰めていく。

しかし、いろいろと理由付けしつつ権力のゴリ押しで、当日の朝に来てもらう手はずにした。

来客は、魔王イヴの他には八大種族の長《おさ》とその側近が数人。その護衛と世話係が数人という最少人数。そうなったのは飛行できる種族じゃないとやってこられない立地であり、竜騎士による荷馬車移送が必要だという事情もあった。

竜騎士たちが竜を操り次々に荷馬車を着陸させていく。

最初の馬車は一目でわかるほど特別なものだった。豪華さもそうだが品が違う。

魔王専用の荷馬車だ。

そこから最初に降りてきたのは星兎族のラピスで主人の手をうやうやしく取りエスコー

ト。魔王イヴの登場だ。

そして、銀色の風が吹いた。そうとしか言えないほどの速さで小さな影が飛び込んできて、みぞおちに頭をめり込ませてくる。

「グフッ」

「久しぶり。セツナは寂しかった。ずっと、ケヤル様に会いたかった。愛してほしかった」

狼《おおかみ》尻尾をちぎれんばかりに振って俺のみぞおちにめり込んだ頭をさらに押し付けてくる。

正直、かなり苦しいが我慢だ。

「寂しい想《おも》いをさせて悪かった」

「セツナはケヤル様の所有物。文句は言わない。でも、気持ちは伝えとく」

やっとめり込ませていた頭をあげると、上目遣いで頬《ほお》を赤くして俺の眼を覗《のぞ》き込んできた。

セツナは俺の所有物。

だからこそ、俺の意向には絶対服従。

わがまま放題のグレンとはそこが違う。

ただ、それでも寂しい、愛してほしいと言われて、無視できるような冷血漢ではない。

「しばらくは一緒にいられる。……今晩は愛してやる」

「ケヤル様、好き」

そしてまた、抱きついて今度は俺の腹に頬ずりを始めた。

まったく、可愛《かわい》いやつだ。

「そこまで素直になれるのは羨ましいわね」

「まあ、そこは小さな子の特権ですよ」

セツナの背後からやってきたのは、ジオラル王国の元王女にして世界最高の魔術師フレイアと、【剣聖】のクレハだ。

二人共セツナと違い十代でありながら美少女というより美女だ。フレイアはふんわりと柔らかな雰囲気で、クレハは凛《りん》とした佇《たたず》まい。

「二人とも、イヴの護衛をありがとう」

「友のためにひと肌脱いだだけよ。別に礼を言われることじゃないわ」

「魔王城のもてなしも悪くありませんでしたし、お菓子も堪能できました」

「フレイアはもう少し勉強したほうがいいわね。象徴で飾りとはいえ、パナケイア王国の名目上の支配者はあなたなのよ」

「だって、私が頭を使って余計なことすれば、エレンちゃんの仕事が増えますよ。それと、お飾りとはいえ王女として礼儀作法と外交マナーだけは完璧に仕上げてます。そこだけは努力してますから！」

「まあ、やることをやっているならいいさ」

フレイアはフレイアなりにいろいろと考えているんだろう。

エレンの思考に追いつくのは人類には無理だろうし、よほどの天才でなければいくら努力しても邪魔をしないで済むというレベルにすらたどり着けない。何もしないことこそが最善。その上で飾りを全うするというのなら、完璧なふるまいとも言える。

「ケヤル様、セツナちゃんの次を予約します。私も愛されたいです」

「ああ、別にいいが」

横で、クレハがやられたという顔をしていた。

フレイアはふわふわした印象を与えるが、かなりちゃっかりした性格をしている。

フレア王女のときは余裕がなく、常にいらついていたが、これが素かもしれない。

「私はその次に予約するわね。先を越されたわ」

「そんなに愛してほしいなら、全員を一度に抱いてもいいが」

そう言うと、先に俺に抱きついていたセツナも含めて首を振った。

「セツナは二人きりがいい。ケヤル様が嫌なら諦める……」

「やっぱり、エッチのときは私だけを感じて愛してほしいですね」

「そうね。みんなとするのも気持ちいいけど、愛されている実感が薄れるもの。エッチは気持ちよさだけじゃないと思うの。独り占めしたいわ」

「なら、順番に一人ずつだ」

俺は複数同時にエッチしても全員を愛しているつもりだが、女のほうはそう感じないらしい。

面倒だが、そういうところもまあ可愛らしい。

「いい度胸だね、私の前でケヤルとエッチする順番決めなんて」

いつのまにか近づいていたイヴがこめかみを引きつらせていた。

魔王服（正装版）であり、動きづらそうだ。

「微妙に服に着られている感が抜けないな」

「うるさいよっ！　この服のデザイン、私の年齢的に似合わないんだよ」

そうだろうな。

実際、三十代ぐらいを前提にデザインしている気がする。

小娘ではいくら美人で知的でも似合わない。

イヴに知的な雰囲気があるかは別にして。

「セツナたちも今日はドレスなんだ」

「んっ。可愛い服、最近嫌いじゃなくなってきた」

「前までは、しんどい、疲れる、動きにくいとか文句を言っていたのに、珍しいな」

「ケヤル様の前で可愛い服着るとうれしい」

セツナも成長しているのか。

昔、ドレスを着せようとして裸のほうがマシとうんざりしていた顔を思い出した。

「護衛の身としては少し考えるわね。最低限、手首ぐらいは保護したいのだけれど。刃を受けて流せるのが剣だけだと不安ね。落ち着かないわ」

「クレハの場合、リストガードですら斬撃の受け流しができるからな……」

「それができると戦略の幅がものすごく広がるのよ……でも、ドレスコーディネーターにだめと言われて取り上げられたわ」

手首というのは急所であり、刃で撫でられただけで出血が大きく致命傷になる。

だから剣士は最低限手首を守る。

そして、硬くて丸いものは技術次第で当て方を工夫すればどんな斬撃でも流せる。

【剣聖】クレハともなると三メートルを超える巨躯《きょく》のオークが振るう渾身《こんしん》の大剣すらチャチなリストガードで受け流す。

呼吸とタイミングらしい。俺にもできない芸当。【剣聖】の知識と経験を読み込んでもどうにもならなかった。それはセンスと天才性の為《な》せる業《わざ》だ。

「身につけてなくても、スカートの内側にこっそり縫い付けておくのはどうだ？　いざというときに使えればいいんだから」

「名案ね。スカートなら他にも肩の防具と予備の短剣も仕込めそうね」

「まあ、あれだ。見た目でわからないならいいんじゃないか」

「今からすれば間に合うわね。裁縫道具を借りてくるわ」

完全に本気の眼《め》だ。

イヴが秘書のラピスに呼ばれてどこかへ連れていかれる。魔王陣営側で何かしらの打ち合わせがあるみたいだ。

それはそうだろう。

『赤竜人族が出迎えをしたんだからな』

俺の領地は名目上、黒翼族を中心に難民を集め領民を確保したことになっている。

その難民に赤竜人族がいることは隠し続けていた。知らせていたのはイヴとラピスとその父。それに鉄猪族だけ。

八大種族も俺が領地を立ち上げると聞いて、様々な陣営が何人もの斥候を出してきた。

その全員を捕らえ、【改変《ヒール》】で記憶操作をして虚偽の報告をさせてまで隠し通した。

祝典の当日になって、大勢の赤竜人族が出迎え、一族全員がここに住むと挨拶すれば大パニックだ。裏切り者であってもそうでなくても。

「セツナ、あなたはケヤルにイヴの護衛を任されているのでしょう。私と来なさい」

「うっ、クレハ、ひっぱらないで。まだ、セツナはくっついていたい。でも、がまん。ケヤル様、仕事がんばってくる」

セツナとクレハがイヴについていく。

フレイアはなぜかそれについていかない。

セツナたちがいなくなってから、ようやく口を開く。

「あとでクレハちゃんを治療してあげてください」

「歩き方に違和感があったな。何かあったのか？」

「昨日の夜、イヴちゃんが黒い衝動で暴走しました。たまたま、私たちしかいないときで問題になりませんでしたが……ラピスさんの話によると破壊衝動が抑えきれずに行動にまで至ったのははじめてみたいです。これからも同じことが起きます」

「止められたのか」

「疑似封印術式がかろうじて効いてくれました。でも、そのときに私をかばって、クレハちゃんが大怪我《おおけが》して、ドレスで隠してますが背中にすごい傷があります。立っているだけで精一杯のはずです……」

「疑似封印術式か、完成していたのか」

「そっちの勉強と研究は本気でやりましたよ。魔術に関しては天才ですからね、私。ただ、完成して使ったからこそ絶望しましたけど」

「効いて、止められたんだろう？」

「止められたのは、黒い衝動が漏れ出た程度のものだからです。でも、感覚でわかっちゃったんです。蛇口そのものが壊れかけているって。私が思い描く理想形の魔術ができたとしても漏れ出たものを防ぐので精一杯。蛇口が壊れれば……」

「どうにかならないか？」

「これから何年も研究すれば、二倍ぐらい強い封印魔術にはなるでしょうね。でも、そんなものは誤差ですよ」

誤差か。

人類最高の魔術師の封印術式が。

「それと今の話イヴちゃんにするかは任せます。本人は暴走していたときの記憶がないみたいです。過労で寝落ちした。働かせすぎだよって騒いでました。知らないほうがいいかもしれません、私たちを殺しかけたことは」

「わかった、判断はこっちでする。今はイヴについていてやってくれ」

「かしこまりました。では、後ほど。ケヤル様の晴れ姿。楽しみにしていますから。できれば、結婚式は参加する側じゃなくて、する側が良かったですけど」

俺はフレイアを見送り、頭を抱えたくなった。

「……もう破壊衝動が抑えられない段階だと？　文献によると黒い衝動の発作が出はじめてから、破壊衝動を抑えられなくなるまで一年近くあるはずじゃないか。それも、本人に記憶がないレベルまで？　早すぎる。これじゃ、手を打つ時間が」

想定外。

黒い衝動の発作が出て、破壊衝動に支配されるまでの時間が短くなることは覚悟していた。

だけど、ここまで早いとは。

手の打ちようがない。解決するための糸口すらない。

まるで世界が俺に諦めろ、やり直せと迫っているようじゃないか。

そんな俺の肩に子ギツネが飛び乗る。

「お腹《なか》すいたの。ごちそうたくさんなのに食べられないの地獄なの。さっさと祭りを始めるの」

「……グレン、そういう気分じゃないんだが。とりあえずこれでも食っておけ」

常に持ち運んでいる携帯食を口に放り込むと美味《おい》しそうにもぐもぐする。

なんというか、ささくれた気分が少しだけ落ち着いてきた。

「ご主人さまがそういう気分じゃないから、わがまま言ってやったの。まあ、あれなの。グレンがついてるの。だから、なんとかなるの」

それだけ言うとグレンは肩から飛び降りた。

消えていった方向は黒翼族によって封印された聖地の方向。

ついていこうとするとぶんぶん首を振って消えた。

「なんとかなるか……すがりたくなるな。あいにく俺は自分の未来は自分で選んでここまで来た。俺は俺でやらせてもらう」

決断までの時間がなくなっただけだ。
やるべきことは変わらない。
覚悟を決めろ。
前に進め。
俺が望む、未来にたどり着くために。

第十六話　回復術士は結婚する

魔王城からやってきた来客たちには俺の屋敷ではなく、来客用に作った専用の建物で休んでもらっている。

そこへ向かっていた。

『今頃大慌てだろうな』

俺が赤竜人族と繫がっていることは和平交渉の橋渡しをしたときから気づいていただろうが、俺の領地に迎えることまでは予想していなかったはずだ。

あのとき、ヒセキの言うようにぎりぎりまでこの情報を隠して良かった。

魔王陣営の中心であるはずの八大種族たちは対策を考えて、歩調を合わせようとしている。

その歩調というのは当然、赤竜人族の排除。

「ヒセキ、悪いな」

「構いませぬよ。ですが我が主よ。ラグナ様ではなく、なぜ我に同行を？」

「一つは裏切り者を見つけるためだ。先日話したな、赤竜人族は敗走した。記憶操作をされて戦いのことを覚えていないが、敗北した相手のことは魂に刻まれている。おまえほどの戦士なら見ればわかるだろう」

「そうですな。ですが、それだけではないのでしょう？」

「格だな、赤竜人族の長《おさ》はラグナ嬢だが、格があるのはヒセキだ。最初にぶちかますのならおまえが矢面に立つべきだ。数年後はわからんが、今はな」

「ふむ、てっきりラグナ様の晴れ舞台に水を差したくないのかと」

ラグナ嬢は着付けをしているところだ。

さきほど覗《のぞ》いた限りでは非常に楽しそうにしていた。

こんな政略結婚でもうれしいらしい。

「そこまで優しくないさ」

「そういうことにしておきましょう。それに、今はとおっしゃいましたな。さすが我が主はお目が高い。必ず、ラグナ様は成長し、名実共に我らの長となりましょう。それだけの器がある」

ヒセキはラグナ嬢に期待している。

そして、俺もだ。

今は強がって背伸びしているだけの小娘だが、たしかな才覚。なによりもカリスマ性のようなものを感じていた。

長というのは優秀であれば、実績があればいいというものではない。

華がいる。俺とエレンは持ち合わせていない。だから、パナケイア王国の王はフレア王女でなければならなかった。たとえ政治能力が劣っていても。

「さあ、入るぞ」

「うむ、ノックは不要なようですな」

俺たちがその屋敷に入ろうとすると、見張りをしていた連中が慌てて中にいるお偉方に報告に走り、残りは俺たちを制止しようとするが押し通る。

黒騎士と最強種の英雄を止められるものなどいない。

打ち合わせ、いや悪巧みをしている現場に足を踏み入れた。

わざと乱暴に音を立てて扉を開くと同時ににこやかな表情で声を張り上げる。

「今日は俺の領地に来てくれて感謝する！　祝典の前に挨拶しようと思ってやってきた」

イヴがため息を漏らして、他の連中は怒ったり、せわしなくしたり、怯《おび》えたりといろいろな反応だ。

その中で最初に口を開いたのは、一番の新参者。

鉄猪族以前にも旧魔王陣営と組んだり、イヴの暗殺をしようとおいたした連中がいた。

そういうのを排除した代わりに入ってきた新入りの種族の雷鳥族だ。

めんどくさいことに、魔族領域にとっては八というのが重要で、八大種族に欠員が出れば新たに補充しないといけない。

そこで、八大種族の次点で旧魔王陣営に貢献したということで選ばれたのが雷鳥族。

壮年の紳士だ。長というよりも経営者あるいは執事などのほうが似合いそうだ。

黄色い髪と腕と一体化した翼が特徴的で、種族全体が細面。鳥という割に飛行は一応できるという程度で脅威にはならず、それ以上に高い知能を恐れられている種族。

新参者ということもあり、黒幕の可能性を高く警戒している人物の一人。

「黒騎士殿、これはどういうことだ？」

「どうとは？」

「なぜ、この領地に赤竜人族がいる。一人、二人ではない。これではまるでケヤル殿の領地が赤竜人族のものであるようだ」

「なぜも何も報告書通りだが？　俺が提出した書類の中にあったはずだろう？　黒翼族を中心に難民を集めたと」

ヒセキに目配せをする。

「その通りですな。我ら赤竜人族の里は魔王軍を名乗る何者かに襲撃され、家も田畑も森も焼かれてしまいましてな。家は直せるがご丁寧に油まで撒《ま》かれた畑と森はどうにもならず流浪の民となっていたのだ。そこをケヤル殿に救われた。いやはや、助かりましたよ」

豪快にヒセキが笑う。

まったく含みもなく、笑うだけだというのに勝手に相手を萎縮させる。

「俺のほうも辺鄙《へんぴ》な場所でなかなか領民が集まらずに困っていたし、難民として受け入れたというわけだ。それがそんなに気になるか？」

「……たまたま受け入れた難民が彼らだったとでも？」

ヒセキと俺を交互に見ていて、物怖《ものお》じしながらも声を絞り出した。

「ああ、そのとおりだ。まだ言いたいことがあるようだな。ヒセキがいては言い辛《づら》いか？」

「我は何を言われても気にしませんがな。なにせ、魔王軍を名乗るものに村を焼かれているのだ。今更、どのような言葉をぶつけられようとも響きませぬよ」

雷鳥族は救いを求めて、今度は他の種族たちを睨《にら》むが誰もが顔をそらす。

まあ、面と向かって赤竜人族に喧嘩《けんか》を売りたくないのだろう。

しかし、それでも引き下がらなかった。

ただでさえ新参者で雷鳥族は立場が弱い。ここで引けば立場を失う。

「では、あえて言わせていただく。旧魔王陣営を内側に引き入れるなど、あまりに危険では？　我々、いや魔王イヴを疎ましく思っているはずだ」

「そうなのか。ヒセキ？」

「魔王軍を名乗るものに里を滅ぼされたときはそうでしたな。何を犠牲にしてでも悪辣なる魔王軍を滅ぼすと決めた。ですが、それは誤解だと魔王イヴ様に諭されましてな……まあ、魔王軍を名乗った何者かには竜の誇りにかけて報復をしますが、それ以外に悪感情はありませぬよ」

「そうヒセキは言っているが？」

雷鳥族の長はひどく驚いた顔をしていた。

それは彼らだけではなく、鉄猪族以外全員がひどく混乱している。……わかりやすい反応をしてくれれば黒幕が絞れたのだが、そこまで簡単にはいかないらしい。

「黒騎士殿、口ではなんとでも言える。赤竜人族とはつい先日まで敵だったのだ。信じられるはずがない」

「それについてだが、今日の祝典は領地のお披露目だけじゃなく。俺の結婚式も兼ねててな。赤竜人族の長、ラグナ嬢と結婚することになった。赤竜人族は俺の身内となる」

八大種族の驚きはさらに激しくなる。

俺が赤竜人族の姫と結婚するという事実そのものにもだが、俺の身内になるということがどういう意味かは彼らならすぐにわかってしまうからこその驚き。

そんななかヒセキが拍手をする。

「めでたいことですな。安心していいですぞ。我らは恩あるケヤル殿の顔に泥を塗るようなことは何があってもせぬよ。もし、身内にそんな恥知らずがいれば、この我が自ら捻《ひね》り潰してみせましょう」

ヒセキが力を高め殺気を出す。

さきほどまでとは違う、意図的なもの。

それだけで並の兵士であれば気絶する。

だが、ここにいるのは一族の命を預かる長と、彼らが信用した精鋭たち。

怯《ひる》みはしたが無様な姿は見せない。

「赤竜人族と婚姻、黒騎士殿は乱心したのか？」

雷鳥族の長はひどく失礼なようだ。

「正気だが？　なあ、イヴ」

「ケヤルの浮気性はしょうがないよ。今回の相手にはびっくりしたけどね」

「なぜ、そうも簡単に受け入れられる。旧魔王陣営の中でも最強の、もっとも我らを苦しめた種族だ。ここにいる全種族が何人もの勇士をやつらとの戦いで失ったはずだ。憎いはずだ、許せぬはずだ」

雷鳥族の言葉にいくつかの種族が便乗して騒ぎ立てる。

しかし、そんななか静かに魔王イヴが黙れと言った。

それだけで場が静まりかえる。

「……私、何度も言ってきたよね。そういうのやめようって。やった、やられたってのはもうやめにしようって。私はケヤルとラグナの結婚はそういうのをやめるために必要だと思う。それに最強の敵だったなら、味方になってくれたほうが心強いよね。言ってること間違っている？」

「裏切るために取り入った可能性が」

「ケヤルを騙《だま》すのは無理だよ。黒騎士が信用できない？」

雷鳥族が押し黙る。

俺は裏切りには敏感だ。

そして、何人も始末してきた実績がある。

「もし、赤竜人族が裏切ったときは俺が責任を取ろう。これでいいだろう？　ここにいるみんなはこの俺が赤竜人族に騙される間抜けだと言うのか？　そうだと思うなら声をあげてくれ」

まあ、言えないだろうな。

魔王にもっとも寵愛《ちょうあい》を受けていて、魔王を除けば最強の黒騎士に。

下手をすれば冤罪《えんざい》をかけられて裏切り者として始末される。

ついでだし、残りの爆弾を投げておこう。

「まあ、そういうわけだ。それと俺がこっちに来た理由はもう一つあって、ヒセキを紹介したかったんだ。前回、和平交渉にも来てくれて顔は知っているだろう？」

俺がそう言っても、意図がわかるものはまだいないらしい。

だから、その続きを口に出す。

「彼が副領主だ。俺の右腕として働いてもらう。俺は忙しくてな、これから魔王城の会議には、この地の領主代理の他に黒騎士の代理として出てもらう。よくしてやってくれ」

「これから長い付き合いになりますな、よしなに」

特大の爆弾。

言ってしまえば、黒騎士であり領主である俺の権力を赤竜人族が振るえるということ。

これから赤竜人族が魔王陣営の統治に口を出す、実質的な魔王陣営と旧魔王陣営の統合。

そして、これを止める手段はない。

俺が俺の代理を誰にしようと自由、その任命権に干渉はできない。基本的に種族内の取り決めには干渉できないルールになっていた。

ヒセキに再び視線を送る。

ヒセキは見た目上は何も変わらず、全神経をもって観察する。爆弾を投げ込まれた八大種族たちの反応を。

俺もまた違和感を探す。

誰もが驚いている、誰かが怯えている、その中での感情の違いを探す。

さて、収穫はあるか？

まあ、なくても普段偉そうにしている連中の情けない顔を見られただけで楽しめたが。

そんなことを考えつつ、最後に儀礼的な感謝の言葉を告げて、その場を後にした。

◇

かなり息苦しい。

全身が締め付けられている。

昔、縛られて牢屋《ろうや》に転がされていたことを思い出す。

「ケヤル様、動かないでください」

「ラピス、この服はどうなんだ」

「せっかくの結婚式なのですから、相応の服が必要です」

「いや、そっちはおまけであくまで新たな領地の誕生を祝う祝典なんだが」

祝典がメインで結婚式はそのついでに過ぎない。

というか、まあ、俺も他の女の手前というものがあって、ちゃんとしたのをラグナ嬢とだけやるのはどうかと思っているのだ。

ちゃんとした結婚式はみんなとやりたい。

ただ、恋人枠のイヴやクレハはともかく、付き人のフレイアや所有物のセツナ、妹枠のエレンと結婚はどうなんだ？　と考えなくもない。

「それでもしっかりしないと。ついでだろうがなんだろうが、ケヤル様に恥はかかせられませんから」

「というか、着付けまでできるのか」

「イヴ様の着付けを誰がやっていると思っているんですか……」

さすが無駄に万能な女ラピス。

太ももがエロいだけが取り柄ではない。

「それもそうか」

「あと、裏切り者の目星は付きましたか」

「まあな、あとで拉致して【回復《ヒール》】で記憶を探る。俺が【回復《ヒール》】で記憶を探れることがバレているせいでやりづらい」

そこまではもう話しており、これを知る魔族全員が俺に触れられることを極端に避けるし、無理にやるのは裏切り者だと断定したと同義であり、いろいろと問題が出る。

【回復《ヒール》】とはあるべき状態に戻す力。その副作用としてあるべき状態を知るために、対象の記憶と経験を追体験してしまう。

地獄のような苦痛と他人の記憶を流し込まれ精神崩壊しかねないという重すぎるデメリット。

その代わりに俺相手にはどのような隠し事もできない。

「全員、こっそりやっちゃえばどうですか？」

「たぶん、何かしら対策はしているとは思う。赤竜人族の記憶操作、あれのせいでヒセキたちの記憶も読めなかった。下手をすると長《おさ》たちは俺に近づく前に、いったんその前のことを忘れているかもな」

少なくとも俺ならそうする。

その上で、俺と接触する可能性が低い側近の誰かにすべての事情を伝えておく。

「それ、結局こっそり【回復《ヒール》】しても無駄なのでは？」

「かもしれない。だが、まあ記憶操作をさせたという痕跡だけでも得られればとは思うさ」

全員こっそり【回復《ヒール》】チャレンジもありっちゃありだ。

ただ、俺は最近【回復《ヒール》】をなるべく控えていた。

俺は副作用を克服していた。それはケヤルガという復讐《ふくしゆう》鬼のぶっ壊れた人格があればこその話だ。良くも悪くもケヤルになって、まともになってしまった。

他人の記憶や経験なんて取り込んでどういう影響があるかはわからない。

「頼みましたよ。イヴ様を狙っている悪い人は早く退治してくださいねっと、はい終わりです。いつもよりいい男になりました」

「それは良かった……行ってくる」

「それと、イヴ様のウエディングドレスをこっそり用意してあるので、祝典が終わったら結婚式ごっこに付き合ってくださいね。ああ見えて、イヴ様めちゃくちゃ拗《す》ねてますから」

「……おまえは秘書として優秀すぎる」

にっこりと笑うラピスに背中を押されて、俺は舞台に向かった。

◇

最低限の来客数とは言え、側近、世話役、護衛までを合わせると二百人前後にもなった。

さらには俺の領地からもリーダー格が祝典に参加している。

俺の立場を考えるとみすぼらしい祝典だが、領民全員分の家すら用意しきれていないので最低限の体裁を整える程度。

出しているのは例によって大ミミズ肉料理がメイン。

大ミミズ肉でも煮込んだり、焼いたり、揚げ物にしたり、まあいろいろと趣向を凝らして工夫はしてくれていた。

……そう言えば、どうせならリンゴパイを焼くという約束、ここで果たせばよかったな。

俺は舞台に上がる。

簡易ステージのようなチャチなもの。

パナケイア王国の建国を宣言したときは城のバルコニーからだったと考えるとあまりの差に苦笑しそうになるが、むしろ俺はこれぐらいがちょうどいい。

ラグナ嬢は緊張で手が震えている。その手を握った。

「まあ、そんな緊張するな。俺と結婚することに関心はあっても、ラグナ嬢本人にはみんな大して興味はない」

「それで妾《わらわ》を励ましているつもりなら夫失格よ」

俺の嫁になる女、その手を引いて舞台にあげてエスコート。

「きれいだぞ」

「とってつけたような褒め言葉をありがとう。第一、この正装は宴で見せているでしょうに」

「明るい今のほうがよく見えるし、綺麗《きれい》に見える」

俺がそう言うと、照れていた。

ラグナ嬢はちょろい。

舞台にあがって注目が集まってから口を開いた。

「この度、魔族領域に新たな領地が誕生した。旧魔王陣営に迫害され領地を失い、散り散りになった黒翼族の安住の地。そして、魔王軍を名乗る、俺たちの新たな敵によって襲撃され放浪の民となった赤竜人族が中心となる」

あまり祝福という雰囲気ではない。

困惑と怒りと諦め。

まあ、だいたいそんな反応だ。

「俺が領主だが、副領主として二名。一人は魔王イヴが兼務し、もう一人は赤竜人族のヒセキ。俺とイヴはいろいろと忙しい。実質的にはヒセキがこの地を治めることになるだろう」

ここでわざわざ言うのは既成事実を作っておくためでもある。

後で文句を言われても、正式な祝典の場で言ったよね？　でごり押すため。

そして……。

「面白いと思わないか、現魔王の種族、黒翼族。そして旧魔王陣営最強の赤竜人族が手を組むんだ。魔王イヴが言った過去の諍《いさか》いを忘れて共存する世界が実現している。もう、机上の空論なんて言わせない」

やればできる。

争わない共存の道。

かつての俺なら絶対に通らない道。

それが今日の前にあった。

「俺は、この場で赤竜人族の長ラグナとの婚姻を宣言する」

そう言うなり強引に抱き寄せて唇を奪う。

たっぷりとラグナ嬢を楽しんでから、解放する。

「いきなりすぎるわ」

「嫌だったか」

「別に、いいけど」

そう言うラグナ嬢の頭を撫《な》でる。

それから背中をポンと叩く。

ラグナ嬢は一歩前に出る。

そして、ラグナ嬢は力を高めた。

翼が大きくなり、腕が鱗《うろこ》に覆われ爪が伸びる、瞳が赤い炎のように煌《きら》めく。

赤竜人族の女は竜形態になっても男ほどの力が出ない。

その代わり竜人のまま強くなれる。

この場でその力を使ったのはより赤竜人族の強さを見せつけるため。

「妾たち赤竜人族はこれより魔王イヴと黒騎士につく。そして、赤竜人族は旧魔王陣営に所属するすべての種族に停戦と友好を持ちかける」

場がざわめく。

赤竜人族の姫の言葉はあまりに重い。

最強種であり、旧魔王陣営の支柱だった赤竜人族が魔王陣営への友好を唱えれば逆らえない。

なにせ、赤竜人族がいるということこそが旧魔王陣営の勝算だった。それがよりにもよって魔王陣営側にいる。

そしてなおかつ、立場を保障するとしたら逆らえない。

それがもし、現時点で魔王陣営にいる裏切り者と手を組んでいるような連中でも。

「平和を望む魔王イヴの意思に赤竜人族は賛同し、行動する。そして、妾は妻としてケヤル殿を支えると誓おう」

場の空気が変わった。

裏切り者を味方に引き込んで、そういう思考のものがほとんどだった中。

思考の隅に追いやっていた現実的な赤竜人族を味方に引き入れたメリットに気づくものが増え始めた。

実のところ、この空気が作れれば裏切り者を即座に発見しなくてもいい。

イヴを殺せるという勝算をなくしてしまえば敵は動けなくなる。

その安全な状況でじっくりいぶり出せばいい。

もちろん、裏切り者の特定ができるに越したことはないが。

「俺も改めて誓う。この領地の領主として、すべての民の幸せを守ること。黒騎士として魔王イヴの敵を排除し魔族領域に秩序をもたらすこと……それと夫として妻を守ることもな」

拍手、はじめは小さな拍手。

それに追随するものが現れた。そして、しぶしぶという感じでそれに続くものたちも。

魔王イヴのほうを見るとジト目で拍手していて、その護衛としてついている俺の女たちもそれぞれの反応をしながら拍手していた。

セツナやフレイアはいいなぁという感じで、クレハやラピスは苦笑。グレンはまだ戻っていないようだ。

俺の役目は終わった。

舞台を降りよう。

「ラグナ嬢、手を。夫として妻のエスコートぐらいさせてくれ」

「ありがとう。ケヤル殿。それと」

「なんだ？」

ラグナ嬢がとびっきりきれいな笑顔を浮かべ、艶《あで》やかな唇を震わせた。

「死んで」

ラグナ嬢の手が振るわれた。

竜の力が解放され強化され長くなった爪は、まるで熱したチーズにナイフをいれるようになんの抵抗もなく俺の首を切り落とした。

第十七話　回復術士は裏切られる

首が落とされた。

幸いなことにあまりにも爪の切れ味が良すぎ、あまりにも腕の振りが見事すぎた。

さまざまな奇跡が重なり、断ち切られた首の細胞が繋《つな》がり、そのままで癒着する。

即死のはずだったのに首がずれるまで数秒の猶予を与えられた。

首がずれないように押さえる。

そして【自動回復《オートヒール》】が発動した。

俺の神具ゲオルギウスによる力。

魔力の強化と、【回復《ヒール》】を飛ばす能力。そして、死なない限り傷を負えば自動で術者を癒やす力がある。

俺は後ろに飛び、追撃の振り下ろしをかろうじて避ける。

「……なんの真似《まね》だ」

「どうして、死んでないの？　即死なら死ぬはずなのに？　妾はちゃんとやったわ」

「切れ味が見事すぎたせいだ。命拾いしたよ。もう少し躊躇《ちゅうちょ》していたら殺せたんじゃないか？」

冷や汗がすごい。

なんだ、今の一撃は。

【剣聖】に匹敵する技巧を、俺すら凌駕《りょうが》する身体能力で、神器すら圧倒する切れ味で放たれた。

あとほんの僅かでも、何かが劣っていれば切り落とされた首がこんなふうに繋がっているなんてことはなかった。

生き残ったのは奇跡だ。

こんな無様を晒《さら》したのは俺がラグナ嬢を信じきって、襲われることを考えていなかったから。

「悪運が強いのね。でも、次はないわ」

爛々《らんらん》と赤く目が輝く。

爪による連撃。

【剣聖】から借りた技量で、なんとかさばく。

ラグナ嬢相手だから手加減しているわけじゃない。

さばくのが精一杯で、反撃の余地が一切ない。

いや、さばけてすらいない。致命傷がないだけで身体が切り刻まれ、そのたびにゲオルギウスの【自動回復《オートヒール》】で癒やしているだけ。

俺より強い。

俺より技量があるものは見たことがある。俺の技量は【剣聖】クレハの劣化模倣《デッドコピー》をベースに様々な武の達人の技術を取り入れたもの。

しかし、ベースである【剣聖】クレハの技は、彼女の骨格に彼女の重心に彼女の可動域に最適化したものと彼女の天才的な勘が合わさって完成したもの。

【回復《ヒール》】で読み取った記憶と経験で形だけ真似《まね》ても遠く及ばない。いくら外付けで別の達人の技を付け足したとしてもだ。

化け物じみた天才に対して、技量で上回れたことは何度も経験した。

だが、ラグナ嬢は技術だけではなく、純粋に速さと力で俺を圧倒している。

『俺は規格外の勇者だ。レベルも世界最高のはず。身体もずいぶんいじって最適化した。最強種の赤竜人族と言っても、なぜこんなにも強い⁉』

「早く、死んで。ほら、あの人たちみたいに」

視線を一瞬だけ、さきほどまで舞台を見上げていたものたちに向ける。

大量虐殺が始まっていた。

わけがわからない。

ここにいるのは長《おさ》と側近を除けば、長がもっとも信用した精鋭のはず。

なのに、その精鋭たちが一方的に殺されている。

おそらく敵はたった五人。五人のとんでもない化け物がいて、そいつらの虐殺によりパニックが起こり、味方同士の殺し合いまで起こっているがそっちはノイズ。

そしてもっとわからないのが、敵が侵入したわけじゃないことだ。その五人は全員、八大種族の長が推薦した側近であること以外共通項はない。手を組んでいるとは考えにくい。

その五人が所属している種族も次々に殺されている。

なにより気になるのはラピスが脂汗を浮かべ、頭を抱えて蹲《うずくま》っていたことだ。イヴがラピスの背中を擦って、そのイヴの周りで俺の女たちが彼女たちを守るように陣を組んで戦っている。

そして、信じられないことに押されていた。

普通の勇者すら歯牙にもかけない、俺の女たちが……。

「あっ、惜しい」

ラピスたちに気をとられていた隙を狙って爪が振り下ろされる。

それを紙一重で躱《かわ》し……切れずに左肩から先が消失した。追撃の蹴りを受けて内臓が破裂し、肋骨《ろっこつ》が砕かれながら吹き飛ばされ屋敷の壁に激突。

「【回復《ヒール》】」

俺じゃなければ致命傷だった。

なによりも……。

「ゲオルギウスを失ったか」

大きな戦力ダウンだ。

俺の切り落とされた左腕をラグナ嬢は弄んで、そしてスナックでもかじるようにばりばりと食べてしまった。ゲオルギウスごと。

オリハルコンという世界最硬の金属を嚙《か》み砕《くだ》くなんてどんな歯と顎をしているんだか。

「神様の道具だから食べたらパワーアップかと思ったけど。そううまくいかないわね。残念」

あれを取り戻すことができなくなった。

おかげで身体能力が勝っている相手に触れなくとも殺せる飛ばす【改悪《ヒール》】という最強の武器が使えず、【自動回復《オートヒール》】による即座の治療もできない。

「随分、悪食だったんだな。そういうのは結婚前に言っておいてくれ」

「あれ、言わなかった？　でも、ほんとしぶといわね。さっきので死なないとなると即死させるしかないじゃない。妾《わらわ》、あなたのこと本気で好きなの。だから、抵抗しないで。これ以上ひどいことさせないで」

「愛しているなら殺さないでほしいんだが。はじめから俺を裏切っていたのか……まったく自信をなくすな。裏切りの匂いには敏感なつもりだったのに」

俺はラグナ嬢にも【回復《ヒール》】を使っていた。

記憶を探り、裏に誰かがいないかは探っていた。

そうでなくても裏切られ続けてきた俺は、そういう相手は直感でわかるという自信があった。

「違うの。ただ、ついさっき、殺さないといけないと思ったから殺すの。あなたのためなの」

「俺のためね、俺を愛しているなら聞かせてくれ。その手の甲の紋章、どうした？」

そう言われてラグナ嬢は自分の手の甲を見る。

竜の力を発現させて鱗《うろこ》に覆われ爪が伸びた手、その甲には紋章があった。

一つは右手の魔王候補の紋章。

魔王側のルール。魔王が死ねば、魔王候補の紋章を持っているものの中の誰かが新たな魔王となる。

かつてはイヴもその紋章を持っていて、星兎族のラピスは今も持っている。

ラグナ嬢が魔王候補で今は手袋や化粧で隠していたことは知っていた。別に驚かない。

問題は左手の紋章。

それについては知っていた。その紋章のこと自体は嫌になるほど見てきた。

だってそれは……。
「なぜ、魔族のおまえが勇者の紋章を持っている⁉」
そうラグナ嬢の右手には魔王候補の紋章が輝き、左手には勇者の紋章が輝いていた。
「あはっ、妾にもわかんないっ」
妖艶に微笑《ほほえ》んで爆炎のブレス。
まさしく伝説の竜が使う人知を超えた獄炎《ドラゴンブレス》。
直感でわかる。
あれを喰《く》らえば骨も残らず焼滅し即死。
回避は不可能。
対抗術式も間に合わない。
死、確実な死。
何千人分もの戦闘経験を持つ俺だからこそわかる明確な詰み。
「絶望には早いですな。我がいる」
その獄炎からかばうように巨漢の竜人が立ちふさがった。
仁王立ちになり、獄炎を受け止める。
炎の奔流が周囲を溶かし、蒸発させる。
すべてが消えていく。

何もなかったかのように。

全魔力を絞り出して、余波を防いだだけだというのに、俺は全身火傷《やけど》の半死人。

それを【回復《ヒール》】で癒やし、続いて、俺をかばってくれたその男も癒やす。

驚いたことに身体の三分の一が炭化しただけで済んでいたし、生きていた。

「ヒセキ、ラグナ嬢を敵に回していいのか」

「……思い出したのだ」

「何をだ？」

「思い出したのだ！　赤竜人族の里を襲ったのは、我らを虫けらのように蹴散らしたのは
……」

「妾よ」

そう言って、ラグナ嬢が笑った。

無邪気な童女のように。

「ああ、そうか」

彼女が俺の首をはねた瞬間、その可能性がよぎった。

今の彼女なら、赤竜人族を皆殺しにだってできる。

「うおおおおおおおおおおおおおおお」

ヒセキが突進する。

「やめろ、無謀だっ」

どういうわけか、勇者と魔王候補の力両方を使うラグナ嬢の前に、最強種の英雄程度の
ヒセキが立ち向かえるわけがない。

だが、もう止められない。

ヒセキが振るう拳とラグナ嬢の爪が激突する。

俺はバターのようにヒセキが拳ごと両断される未来を幻視したが、現実はそうではない。

ヒセキがラグナ嬢を殴り飛ばしていた。

「我が主。これが我の本気よ。竜化して莫大《ばくだい》に膨れ上がった力を竜人の姿まで圧縮する。超竜人。我が奥義にして切り札」

……竜人なのか竜なのかよくわからないが凄まじく強いのはわかった。

さすがは英雄。

これぐらいの切り札はあるか。

「痛いじゃない、ヒセキ。父様との約束を忘れたの？　妾を守るんじゃないの？」

「守ると誓った。だが、甘やかすとは言っておらぬよ。おいたした悪い子にはお仕置きですな。我が主よ、魔王のもとへ急ぐのです。ここはお任せください。身内の恥は身内で」

「わかった、死ぬなよ」

「愚問ですな。幼き頃のラグナ様はお転婆《てんば》でしてな。やんちゃするたび、お仕置きしたも

のです。久々におしりぺんぺんでもしてやりましょうか」

それは見てみたいかもしれない。

いや、俺の女が他の男に尻を触られるのは。

とにかく……。

「任せた、ヒセキ」

「任されましたぞ。我が主」

ここはヒセキに任せよう。

イヴのことも気になるが、頭を押さえ蹲っていたラピスのことも気になって仕方なかった。

第十八話 回復術士は恋人に手を伸ばす

イヴのもとへ走る。

彼女はどうやら高速で移動している。

俺とイヴはとある術式で繋《つな》がっているから感覚でわかる。

森のほうへ向かっていた。

一秒でも早く彼女のもとへ行きたいのに背後から気配を感じる。それもとんでもなく速い。

俺は全力で走っているのに今にも追いつかれそうだ。

「邪魔をするな」

振り向き、苛立《いらだ》ち混じりに叫び、短剣を投げた。

鉄猪族の若い男が突進してきて、短剣は頭に命中するも弾かれた。

鉄猪族の象徴とも言える牙を突き出して頭から突っ込んでくる。その牙を両手で摑《つか》んで押さえつけようとするが、押し切られて、突っ張った両腕が折れ、俺の腹に牙がめり込んだ。

だが、死にはしなかった……なら殺せる。

「【改悪《ヒール》】」

生きていて、触れていれば【改悪《ヒール》】が使える。

体中の血管の接続をぐちゃぐちゃな状態に治してやると、血を吹き出して死んだ。

間違った状態に回復する俺の必殺技だ。

どれだけ頑強だろうと関係なく殺せる。

そして俺は【改悪《ヒール》】の副作用を受けて、その場で膝を突く。凄《すさ》まじい吐き気。自分が自分じゃなくなるような嫌悪感。

「くそっ、ケヤルガに戻らなきゃだめか」

ケヤルガのような狂人だったからこそ、他人の記憶や経験で揺らがなかった。

だけど、俺《ケヤル》にはそれは猛毒だ。ただの痛みや苦しみなら耐えられる。

他人の人生が流れこんできて自分が誰かわからなくなる。

何を愛して、何を守ろうとしていたかが薄れていく。

圧倒的に強い復讐《ふくしゅう》心、それ以外全部いらない、そういう強い心だったからケヤルガだったころは平然と【改悪《ヒール》】を使い続けられた。

……俺は弱くなったのか。

から殺せただけ。

今殺した鉄猪族すらも、俺以上の力があった。たまたま俺の力を忘れて触らせてくれた
「ごほっ」

血を吐く。

全身から血を吹き出し死んだ鉄猪族の右手には魔王候補の紋章が左手には勇者の紋章が。

「【回復《ヒール》】」

内臓破裂して、放っておけば死ぬはずだった身体を【回復《ヒール》】で癒やす。

最強だとうぬぼれていたのにこのザマだ。

ラグナ嬢相手に敗走して、見下していた鉄猪族の若者に致命傷を喰らった。

「やっと共通点を見つけた……いきなり暴れ出した五人、いや、ラグナ嬢をいれたら六人か。全員、魔王候補か」

イヴのもとへ走りながら、思考をまとめる。

招待客の特筆事項を思い返せば、急遽《きゆうきよ》暴れたあの五人は全員魔王候補。

そもそも今の八大種族が連合を組んでいたのは、自らの種族に魔王候補がいて、今の魔王が死んだら自らの種族から次の魔王を輩出できるからだ。

新入りの種族とすでに魔王になったイヴを要する黒翼族以外の種族にはすべて魔王候補がいる。そして、八大種族に含まれない種族にも魔王候補はいるが、基本的には隠されて

いる。魔王に迫害される理由になるからだ。ラグナ嬢のように。

「魔王候補が突如、なにかしらの干渉を受けて暴走したとしたら……」

そこで当然の問題にたどり着く。

ラピスもまた魔王候補。

そして、あのとき頭を抱えて脂汗を流していた。

あれは必死に、他の魔王候補のように暴走するのを抑えていたのではないだろうか？

それを知らずにイヴは動けなくなったラピスを守りながら逃げているのだとしたら。

「まずいな、イヴが危険だ」

俺はさらに足を速めた。

◇

途中、襲撃を受けたが躱《かわ》しながらイヴのところへ進む。

平時であれば、敵を引き付けたまま合流なんて馬鹿な真似《まね》はしない。

敵を連れていくリスクよりもラピスが暴走する可能性に気づかずにいるほうが怖い。

「……相乗効果でもあるのか、魔王の力と勇者の力は」

肩に焼けるような痛み。

氷の槍《やり》が突き刺さっていた。

普通の魔王候補と普通の勇者候補ぐらいなら、俺はあっさりと撃退できる。

だというのに強すぎる。

肩を貫かれる痛みに耐えながら走る。

鬱陶しいことに返しがついた氷の槍のようで抜けないし、こんなものが突き刺さったままじゃ【回復《ヒール》】もできない。

仕方がないので、炎の魔術で肩ごと焼いて溶かす。

激痛と重度の火傷。

それでもどうせ一緒に治す。

「くそ、魔力が心もとない」

ラグナとの戦いで、【自動回復《オートヒール》】の連発。

それ以外にも今日は【回復《ヒール》】を使いすぎている。さらにはさきほどから全開での魔力による身体強化を続けていた。

魔力には自信があるが、さすがにやばい。

ああ、ここまで追い詰められたのはいつぶりだ？

勘だけで横飛びして、後方からの氷の槍をよけて、その回避方向を予測して迫りくる追撃の風の刃をぎりぎりで躱した。

『ラグナ嬢ほど全員が強いわけでもないか』

ラグナ嬢は圧倒的な強さだった。他の魔王候補もそれと同レベルかもしれないと危惧したがそうではないようだ。

ようするに元の強さと、何かの力の掛け算なのだろう。

元が大したことがなければ、俺より少し身体能力と魔力で勝る程度のようだ。

それでも十二分に化け物だが。

そして、ようやく見えた。イヴたちだ。

イヴがぐったりとしたラピスを抱きかかえて座り込み、クレハとセツナが二人の魔王候補と打ち合っている。

それをフレイアが援護していた。

人数的には有利、いくらラピスをかばっているとはいえ、それでも勝てない相手か。

そして、魔王権限による魔族への絶対遵守の命令も通じないようだ。

「ケヤルっ、早くこっちに来て、ラピスに【回復《ヒール》】をして。さっきからぐったりして、すごく熱くて！」

イヴが叫んでいる。

ラピスから離れろと叫ぼうとしてやめた。

イヴは絶対にそう言われても聞かない。

ラピスを見捨てられないし、状況を納得させることもとっさには難しい。

『悪いなラピス』

心の中で謝罪をする。

俺は覚悟を決めていた。

「わかった、すぐに向かう。クレハ、セツナ、フレイア、足止め頼めるか」

「十二秒は確実に稼ぐわ」

「セツナに任せて」

クレハとセツナが魔力と気を一気に膨らます。

持久走から短距離モードに切り替えたようだ。本気で戦う。息切れも早いだろう。

そうしなければ、フレイアの援護ありでも時間を稼げないという判断。

さすがに俺の女たちは戦い慣れしている。

俺を追ってくる二人を押し付けてクレハとセツナとフレイアが四人を同時に相手にし始めた。

あと少しで、イヴとラピスのところへたどり着く。

そこでラピスの身体が痙攣《けいれん》し始めた。

一歩近づくごとにひどくなっていく。

まるで、俺が近づいたことでそうなっているかのように。

「イヴ、今すぐ【回復《ヒール》】する」
「急いで、ラピスが死んじゃうっ」
イヴが涙で顔をぐしゃぐしゃにしていた。
イヴにとってラピスは友人であり、姉のような存在だ。
魔王になってから、俺以上にずっとそばで支えていた。
イヴはラピスがいたからがんばれたのだと思う。
俺は足を進めながら魔力を練る。
【回復《ヒール》】ではなく【改悪《ヒール》】の準備を。
勇者や魔王の力は【回復《ヒール》】では干渉できない。それは魔王との戦いで学んだことだ。
身体の傷は癒やせても、魔王候補たちを狂わせているなにかに干渉はできない。
だから、【改悪《ヒール》】する。脳からの電気信号の伝達を壊す。
殺しはしないが、指一つ自分の意思で動かせなくする。
ラピスたちをおかしくしているなにかを突き止め、解決するまでずっとだ。
それがきっとイヴのためであり、ラピスのためだと信じて。
あと数歩というところでラピスが目を開く。
星兎族特有の星をちりばめたような瞳。
「イヴ様、お願いです」

「大丈夫だよ、すぐにケヤルが治すからね」

「違います、ころっ、して。もう、抑えきれない、嫌なんです」

まずい、俺は術式の完成を急ぐ。

「ラピス、もう大丈夫だ」

術が完成した。

あとは触れさえすればいい、手を伸ばす。

なのに俺がラピスに伸ばした手をイヴが払い、【改悪《ヒール》】が不発に終わった。

「なっ、何をするんだ」

再び魔力を練りながら抗議をする。

「何をって、こっちのセリフ。今の【回復《ヒール》】、やばいほうだよね」

魔王として力を得て、術式が見えるようになっている。

そしてイヴは俺の壊すほうの【改悪《ヒール》】を何度も見ている。

発動寸前の状態で見分けられる。

「説明は後でする。邪魔をするな」

「するよっ！　ラピスにひどいことするんだもん」

失敗した。

時間がかかろうと先に説明しなければならなかった。

ラピスが口を開く。

「だめ、もう、無理です、いや、イヴ様を傷つけたく、ケヤル様に嫌われたく、お願いだから、殺し」

そこで言葉は途切れ、ラピスは身体を丸めて自分で自分の手を押さえる。

「ほら、ケヤル。早く、ちゃんとした【回復《ヒール》】をしてっ」

どうすればいい？

また【改悪《ヒール》】しようとしても止められる。普通の【回復《ヒール》】にかけるしかない。身体だけでも癒やせば、少しは症状が収まるかもしれない。

普通の【回復《ヒール》】をすると決めたときだった。

「殺して、……じゃないと……」

ラピスが涙を流しながら、左の手刀でイヴの胸を貫いた。本来存在しないはずの勇者の紋章が浮かんだ左手で。

「私がイヴ様を殺しちゃうじゃないですか」

そして、俺の【翡翠眼《ひすいがん》】は見ていた。

人や魔族とは比べ物にならないほどの回復力で不死性を獲得した魔王、唯一の急所。

本来、物理的にも魔力的にも干渉できないそれを、唯一の例外である勇者の力で砕いたことを。

第十九話　回復術士は敗走する

魔王の心臓、それは魔王の力の源であり、唯一の急所であり、そして……魔術の力を爆発的に高める最高の触媒たる宝玉。

俺が使えば、【回復《ヒール》】の回帰の力を極限まで高めて世界そのものを回帰させて、やり直すことすらできる。

事実、俺はそれを使うことでやり直した。

それが砕かれた。

その意味はイヴが致命傷を負ったということであり、いざというときはイヴの心臓で世界をやり直してしまえばいいという保険を失ったということだ。

俺はラピスを蹴り飛ばし、イヴを抱きかかえて力を振るう。

「【回復《ヒール》】！」

通常の回復魔術が自己治癒力の強化であるのに対し、あるべき姿に戻す回帰の力である【回復《ヒール》】では理論上癒やせない傷はない。

腕が落とされようが悪性腫瘍であろうが老化ですら治せてしまえる。

事実、イヴの貫かれた心臓は治ったが、もっと致命的な何かがイヴから漏れ出続ける。

俺の【回復《ヒール》】では魔王の力には干渉できない。

砕けてしまった心臓を治すことはできない。

「あーあ、だから殺してって言いましたよね？　私、イヴ様を傷つけたくなかったんです。それに、ケヤル様に嫌われるのも嫌。イヴ様のせいですよ」

蹴り飛ばされたラピスが立ち上がり、イヴを抱える俺を見下ろす。

そう言えば、ラピスに見下ろされるのははじめてな気がする。

いつも彼女は俺とイヴを見上げていた。

イヴを肩に担いで剣を抜く。

お姫様だっこのほうがいいんだろうが、そんな余裕はなさそうだ。

「ラピス、今のおまえはどこまで正気なんだ？」

「どこまでも正気なんですよね。不思議と。記憶はちゃんとある。イヴ様とケヤル様のことは好き。大事で何より守らないといけないはず。なのに、勇者と魔王は殺さないといけないって。だから、逃げるか、私を殺してください。お願いします」

そう言いつつ、飛び蹴り。

いつもはエロいと思っている太ももがとんでもない凶器に変わっている。

直撃すれば即死。【回復《ヒール》】を使う間も与えられないうちに頭が潰れて終わり。

だが、あまりにも直線的すぎる本能任せの一撃。

速かろうと強かろうと躱《かわ》せてしまう。

空振った蹴りが大樹の幹をぶち抜いた。

『ラピスはわざと本能に任せているのか』

勇者と魔王を殺す。

その意思に支配されている。それに逆らうことはできない。

だからあえて本能に身を任せて攻撃を単調にして避けさせ、反撃の隙を作る。

なにかに支配されながらも、ラピスは俺とイヴを守るためぎりぎりの手を打っている。

「クレハ、セツナ、フレイア、撤退する」

「それは厳しいわね」

「んっ、がんばる。がんばるけど」

「隙がありません」

さきほどから四人の魔王候補とぎりぎりの戦いをしている三人に余裕は微塵《みじん》もない。

俺はイヴを抱え、ラピス一人を相手にするのが精一杯。

勝つことはおろか、逃げることもできない。

そして、さらに状況は悪くなる。

「やっと追いついた。新婦を置いていくなんてひどくない？　妾《わらわ》の旦那さま？」

全身傷だらけ、服のほとんどは焼けるか破れひどく扇情的な姿になった赤竜人族のラグナ嬢が現れた。

……ああ、そうかヒセキは死んだのか。

あの男が負けた。

そして、それ以上に強い化け物が現れた。

状況はより絶望的になる。

「妻なら夫を助けてくれないか？」

「無理よ。だって、二人の幸せのために勇者と魔王は殺さないとだめだから。妾も辛いの」

ラピスと同じ状態か。

クレハたちはラグナ嬢の強さを肌で感じていた。だからこそわかる。いかに絶望的な状況か。

すがるような目で俺を見る。

逆転の一手はあった。

『俺一人なら逃げられる』

抱えているイヴを捨てて、命がけで足止めしている俺の女たちを見捨てて、ただなりふり構わず逃げる。

俺一人ならそれができる。

そして、グレンと合流して神獣の力を使いやり直す。

魔王の心臓はだめになったが、時の力を受け継いだグレンがいる。

今この場で俺の女たちが殺されようが、どうせやり直すんだ。やり直せば生き返る。

第一、ここから何ができる？

魔王陣営の中心である八大種族の長《おさ》と側近はほとんど死んだ。統治などできない。

瀕死《ひんし》のイヴを救うにはグレンの力を使わないといけないが、やり直しができなくなる。

今、この状況でイヴを救うことができてどうなる？

俺よりも強い勇者の力を持った魔王候補六人が、つねに俺とイヴを狙い続ける。

殺せたとしたら？　魔王候補も勇者候補も死ねば次の誰かが覚醒するシステムだ。

その次が同じような力で俺たちを殺しにくるかもしれない。

一生、イヴや女たちと怯《おび》えて逃げて殺し続けるのか？　それは幸せと呼べるのか？

そして、そのイヴすらいつ黒い衝動が暴発するかわからない。しかも、グレンの力で治療するという奥の手は失った状態で。

いつからここまで状況が悪くなった。

最善手を打ち続けてきた。全力でやってきた。

なのに突然、理不尽に失敗の結果だけを押し付けられているようじゃないか。

「ふざけるな」

俺はイヴを抱えたまま突進する。

頭が沸騰しそうだ。

怒りだ。

俺を裏切ったラピスやラグナ嬢、ましてや急に頭がおかしくなった魔王候補たちへの怒りじゃない。

こんな理不尽を強いる世界に対してだ。

声を揃《そろ》えて、今すぐやり直せとせまる。そのお膳立てをしているとわかる。

だからこそ、乗ってやらない。

俺は俺の女を見捨てない。

俺の女には愛人のラピスも、嫁にしたラグナ嬢も含まれている。

まずはイヴをつれて、俺の女も全員死なせずにこの場を切り抜ける。

その上で今後の策を練る。そう決めた。

俺はイヴをセツナに向かって投げると、セツナは受け止めて肩に担ぐ。

「セツナ、イヴとフレイアを担いで南東へ全力で走れ。何も考えるな、クレハは俺のサポート。フレイア、担がれながらでも俺たちの援護はできるだろ」

「ん、任せて」

「分の悪い賭けは嫌いじゃないわ」

「適当に攻撃魔術をしますね」

セツナは右肩にイヴを担いで左肩にフレイアを担ぐと疾走する。

それを追うようにラピスとラグナ嬢以外の魔王候補が動く。

孤立したセツナへの集中攻撃。

それをすべて受けた。

当然止めきれずいくつかの攻撃は受けるが【回復《ヒール》】で回復。

とどめを刺しにきた一人をクレハが死角から一刀両断した。

「やっと隙を見せたわね。一人減らしたのは大きいわ」

「だが、焼け石に水だな」

以前の魔王のように無限の再生能力はないらしい。

殺したら死ぬ。ただ魔王候補の力と勇者の力両方を持って相乗的に力を高めただけの化け物だというのは朗報だ。

……二人を抱えたセツナの足に合わせていて逃げ切れるとは思わない。

なにせ、なにもなくても素の速さは向こうが上なのだから。

絶対に振り切れないとわかっていて、それでもこの手を打ったのは賭けだ。

ここから南東に進むと神獣の聖地。

あそこにさえたどり着けば、なんとかなるかもしれない。

そういうただの願望にすがった。

◇

それからは地獄だった。

絶対に勝てない鬼ごっこ。

こちらは確実に削られる。

クレハは満身創痍《まんしんそうい》。

出血しすぎで動きが鈍り、すでに左腕は動かず、剣は叩《たた》き折られ予備の短剣で戦っている。

クレハに【回復《ヒール》】をかけてやりたいが、その余裕すらない。

それでも一歩一歩聖地に近づいていた。

クレハがついに倒れる。

致命傷を負ったわけではなく、出血と疲労による限界が来たのだ。

「行かせないわ。旦那様。結婚式の日ぐらい妾だけを見て」

「ケヤル様は浮気性が過ぎます。一人ぐらい減ってもいいと思いますよ」

ラグナ嬢とラピス。

竜と兎《うさぎ》。

魔王候補の中でも別格の二人を同時に相手にしているからこそ、ここまで状況が悪い。

最強と最速。

一ミリでも隙を見せれば即やられる。

残り三人の魔王候補が動いた。

一人が確実な留《とど》めをクレハに、残り二人がイヴとフレイアを担いだセツナに。

詰んだ、この状況を覆す一手は存在しない。

クレハに剣が振り下ろされる、その瞬間だった。

魔弾が魔王候補の頭を撃ち抜いた。

そして、セツナを追っていた二人にも魔弾が降り注ぐ、その二人は心臓を狙ったそれを避けたものの、魔弾は曲がり足を貫き、無様に這《は》いつくばらせる。

ほうけた俺の顔の横をさらに二発の魔弾が通りすぎていき、ラピスは蹴り返し、ラグナ嬢は爪で弾く。

そして次の瞬間、強烈な閃光《せんこう》。

光の爆発、視界が染まる、同時に激臭と爆音。

視覚、嗅覚、聴覚が瞬時に潰された。

「【回復《ヒール》】」

それを無理やり癒やして走る。

……俺はこれを知っている。

【砲】の勇者の切り札。【閃光豪雷弾】

格上相手に使うカード。

強者ほど五感は鋭敏だ。鋭敏だからこそ、強烈な光に目が焼かれ、圧倒的な臭気に鼻を潰され、爆音によって耳が狂う。

そんな中を走る。

女たちを拾って、敵がすべて感覚を潰されている間に逃げる。

稼げる時間はよくて一分。

とにかく走る、考えるのは後だ。

このチャンスを、奇跡を逃すな。

走って走って走り続け、俺も限界が来て、その場に倒れ込んだ。

第二十話　回復術士は……

目を覚ます。

俺が倒れたのは魔力欠乏症によるもの。

【回復《ヒール》】で身体の疲れや傷はなかったが、いくらなんでも今日は魔力を使いすぎた。

「よかった、ケヤル様。起きた」

「おはようございます。ケヤル様」

「……セツナにフレイアか、なんとかあの場を切り抜けられたようだな、いや、そういうのはあとか」

「ん。クレハがまずい」

俺は起き上がり、まだ倒れているクレハのもとに行く。

フレイアの服がぼろぼろで、その理由はクレハを見ればわかった。

全身傷だらけでフレイアの服を使って止血しているらしい。

もとから白いクレハの肌は血の気が引いて病的だった。

フレイアは魔術の天才ではあるが、自己治癒力を強化する普通の治癒魔術すら相性が悪すぎて使えない。

「良い手当だ。死なせずに済んだなら治せる。【回復《ヒール》】」

わずかでも眠っていたおかげで少しは魔力が回復しているようだ。

クレハの顔色が戻ってきて、ゆっくりと目を開く。

「今回ばかりは死ぬかと思ったわ……ふう、最強の剣士になったつもりだったけど、うぬぼれていたようね。修行をがんばらないと」

「あんな化け物を想定する必要はないと思うが、なんにしろ生き残れてよかった」

クレハをぎゅっと抱く。

俺の大事な女だ。

失いたくなかった。

そして、もう一人危うい状況の存在を見る。イヴだ。

魔王の心臓を砕かれた。

完全に砕かれたわけではなく、即死ではなかったようだが存在の力とも言える何かが漏れ出続けている。

冷静になった今、改めて観察する。

おそらく、今すぐ死ぬことはない。

だが、もってあと半日程度。

半日の間に決断が必要だ。

そして、もう一つ今すぐ解決しなきゃいけない問題ができた。

「なぜ、おまえがここにいる。【砲】の勇者ブレット」

黒い巨漢の男がにこにこと笑っていた。

「ううん？　可愛《かわい》い俺のケヤルぅ。助けてやったのにつれないなぁ」

そう、あの絶望的な状況で魔弾を用いてクレハとセツナたちを守り、さらには切り札である【閃光豪雷弾】まで使って逃げる時間を作ってくれた恩人。

そして、俺の復讐《ふくしゅう》相手。

「答えろ。なぜ、幽閉されていたはずのおまえがここにいる」

「司法取引に決まっているじゃないか。ノルン姫、今はエレンと名乗っているのか？　まあ、どっちでもいい。あれと取引した。ケヤルたちを守ることを条件に釈放された」

「……まったく、あの子は。俺に無断で」

ひどい裏切りだ。

だが、ブレットの助けがなければ全滅していた。

エレンはいったいどこまで未来《さき》が見えているのか……。恐ろしくなる。

「新ルール。勇者が勇者を殺せば？　っていうのを警戒したのだろうな。まあ、俺からしたら何を今更って思うんだが」

「どういうわけだ？」

「あん？　ジオラル王国に勇者が揃《そろ》いすぎてるって思ったことはないか？」

「……気にしたことはなかったな」

「俺は暗部にいた。そして、リセマラ担当だ。リセマラってのは俺の造語で、結果が出るまで繰り返すって意味だ。ジオラル王国の勧誘に応じない勇者たちや、弱すぎて使えない外れ勇者にはね、死んでもらっていたんだ。勇者は死ねば別のが選ばれる。ジオラル王国にとって都合のいいのが選ばれるまで殺し続けた」

「そんな記録、残っていないが」

「あるわけないだろ、そんなの。ケヤルが殺した勇者、たしか七人か？　だが俺は何十人も殺した。なのに、ケヤルが勇者を殺したから世界のバランスが崩れるなんて笑っちまうよ」

　そこまで、エレンがこいつに話していたことには驚いたが、新しい情報を得られた。

　勇者が勇者を殺すこと自体は問題がないのかもしれない。

　俺が勇者を殺したことが問題だ。

　そして、俺が殺した数は七人。

　その七人と、暴走した魔王候補の数が一致しているのは偶然じゃないかもしれない。

ラグナ嬢、ラピス、その他五人の魔王候補。その全員に勇者の紋章があった。

本来、勇者が死ねば別の勇者が覚醒するというルール。

俺が勇者を殺した場合、すべて魔王候補が兼務して選ばれるようになった。

そんな仮定が脳裏をよぎる。

「なあ、ケヤル。試してみたくならないか？」

「……何をだ？」

「勇者が勇者を殺すってあれだよ」

そう言うなり、やつは自身の短剣を俺に握らせた。

そして、自分の胸、心臓の位置に押し付けさせる。

「これ以上、ケヤルが勇者を殺したら何かが起きるんだろう？　そっちの【術】でも、なり損ないの【剣】もどきでもいいだろうが。ここは俺だろう。ケヤルぅ。俺はずっとずっと待っていたんだぜ。冷たい檻《おり》の中で焦らしプレイをされて限界だ」

異様な熱気と共に距離を狭めてくる。

ナイフが胸に突き刺さり、ブレットの血が俺の手を伝うがやつはそれを気にしていない。

「究極の愛はなぁ。殺して魂に存在を刻むことだ。俺はそうしてきた。おまえもそうしたい。だけど、それ以上に俺はおまえに刻んでもらいたい。そのために生きてきた。さあ、もう前戯はいいだろ。フィニッシュさせてくれよ」

やつの息がかかる。

無性に苛立《いらだ》つ。

気がつけば突き飛ばしていた。

「言っただろう、俺はこの世界が好きだ、俺の女たちと共に過ごす生活を気に入っている。わざわざ壊したりするものか」

「はあああああああああああああ」

俺の言葉を聞いた瞬間、ブレットは大きな、それは大きな落胆のため息をついた。

「つまらなくなっちまったな。俺だけを見て、俺を殺すためだけに生きていたケヤルはどこへ行った。そうじゃないだろっ、そんなケヤルに殺されてもいけないじゃないか」

「勝手に一人でオナってろ」

「助けて損をした。それで、これからどうする。その死にかけの魔王はもうすぐ死ぬ、ケヤルの大事なささやかな幸せはぶち壊れた。もう、どこにも平和な世界なんてないぞ。これだけＶＩＰが死んだんだ。魔族領域は戦乱が巻き起こる。それは人間の世界にも波及するだろうな」

そこは俺も読めている。

だけど、それでも。

「まずは魔王イヴを救う。神獣の力を借りれば、魔王の心臓だって治せるはずだ」

「いいのか？　それで？　そこの小娘魔王の黒い衝動、あれは止まらん。疑似でも魔王になっていた俺が言うんだから間違いない。時間稼ぎに神獣とやらの力を使っていいのか？」

「エレンはそこまで話したのか？」

「ああ聞いてるぜ。魔王経験者の俺の話を聞きたかったようだからな。それで、それを治してどうする？」

「……しばらくイヴは暴走しないだろう。その間に解決策を探す。イヴを救う目処《めど》が立ってから、戦乱に陥った魔族領域を立て直す。そして、なにかに支配されたラピスとラグナ嬢を救う」

　俺の言葉を聞いたブレットが腹を抱えて笑う。

「ひゃはっ、ひゃはははははは、なんだそれ。ひゃはっ、お馬鹿なところも可愛いぜ。自分で口にしてわかるだろう。そんなものは計画じゃない、ただの妄想で願望だ。何が原因かもわかっていないのに、なぜそんなことができると思う」

　最高の権力があり、数多《あまた》の諜報員《ちょうほういん》を手足のように使って、ありとあらゆる資料にアクセスできる状態で手がかりすら摑めていない。

　なのにそれを魔王候補たちから逃げながらの旅で見つけられるのか？　不可能だ。

「そういえば、ノルン姫からの伝言があったな。聞かせてやろう」

　こいつの声でエレンの言葉を聞くのは不快だが、エレンの伝言ならこの状況を覆す手がかりになるかもしれない。

「『ケヤル兄様、この状況は異常です。通常、事件とは首謀者がいて、動機があり、準備をして、行動に移し、結果となる。だからこそ、耳をすませば予兆を摑めて対策が打てる。ですが、今回の魔王候補たちの暴走は動機も準備もなく、ただ暴走したという結果だけしかない』」

そう、ラピスにしてもラグナ嬢にしても動機も準備もなくただいきなり強くなって暴れた。

だからこそ、なんの対策も打てなかった。

「まだ続きがあるぞ『この世界で起こることには、必ず、動機、準備、行動のプロセスがある。なのに今回はそれがない。それどころか首謀者すらいない。ありえないと思うかもしれませんが、私には……見えてない部分は世界の外側にある。神様気分の誰かが世界の外側から、無理やり状況の変化をねじ込んだ。そう思えてなりません』」

似たような話を神獣たちもしていた。

世界の外の存在。神獣たちは世界を動かすための駒。

外の存在がラピスたちの意思などをすべて無視して、ただ、俺を困らせる。状況を変えるためだけに無理やり、彼女たちの暴走による窮地という結果をねじ込んだ。

そう考えてしまえば辻褄《つじつま》が合ってしまう。

「……ふざけている。もし、それが本当だとしたら、俺たちはなんのために」

「面白い発想だねぇ。外から俺たちを見世物にしているやつらがいるなら、ケヤルが完璧な手を打って、世界は平和になり女たちと幸せに暮らしました。めでたしめでたし。そんなものを眺め続けさせられたら、ぶち壊したくなるだろうさ。なにせ、退屈でつまらん」

「勝手なことを言うな、俺たちはただ、幸せになるためにそれぞれが必死に生きてきた。それをそんな理由でめちゃくちゃにされてたまるか。ラピスはイヴの姉としてがんばってきてくれた、ようやく贖罪《しょくざい》から解放されるはずだった。ラグナ嬢は本当の意味で赤竜人族の長《おさ》になろうとがんばってきて、今回のことは自信になるはずだった」

「ふっ、ひゃあははは、ケヤルがそれを言うか。ケヤルの復讐ゲームに付き合わされたやつらだって、それぞれの幸せがあっただろうさ。おまえが主人公気分でモブのようにケチラしてきたやつらなりの幸せってのがな」

　知っているさ。わかっている。

　それでも、俺の答えは一つ。

「そんなやつらのことは知るか。俺は俺の大事なやつら以外興味ない」

「グッド、それでこそ俺のケヤルだ。で、最後だ『世界の外の都合で結果だけを押し付けられるなら対策のしようがありません。ただ、神獣の言葉を思い出してください。勇者を殺すな。あれはきっと、勇者を殺したから悪いことが起こるなんてことではなく、ケヤル兄様が勇者を殺すことが世界に外からの干渉を許してしまうきっかけ。きっかけをなかったことにすれば外からの干渉はなくなると推察します。最後に……幸せになってくださいね』」

外からの干渉があったというのは仮定にすぎない。

俺の勇者殺しがきっかけというのはさらなる仮定。

なのに、それが正しいと思えてならなかった。

……そして、それが正しいのなら世界に外からの干渉を許している限り、これからなにをどうしても、外の都合で結果だけを突然押し付けられるということだ。

「以上だ。これを聞いて、考えは変わったか？」

「……それでも変わらない。ブレットにもかつてやり直しを迫られたな」

「そうだな、俺は世界をやり直してほしかった」

「そのときに俺は言った、俺は俺の女が、過ごした日々が大切で愛《いと》おしいと。やり直して出会い直してもそいつらは別人だ。愛する女を失いたくない」

「どうでも良すぎて忘れてたなぁ」

「その気持ちは変わらない。やり直した時点で、俺の女たちはいなくなる。俺はこの先が絶望しかなくても最後まであがいて、最後まで愛し続けるさ」

そう決めた。

終わりまで楽しむ。

終わりまであがく。

それでいい。

やり直しなんてしない。どっちみち人の寿命は決まっている。

それが多少短くなろうと、それまで楽しめれば笑って死ねる。

「そうかそうか、だが、残念なことにな。それは叶《かな》わないなぁ」

「どういう意味だ？」

「だって、可愛い可愛いエレンちゃんはもう死んじゃっているから。ああ、失敗した。伝言じゃなくて、遺言と言うべきだった。ケヤル、大事な女を見殺しにしちゃったなぁ」

鉛を呑んだように気分が重くなる。

眼《め》の前が真っ暗になる。

エレンからの伝言の締めくくり。

『幸せになってくださいね』

それは、あの子の最期の言葉だったのか。

エピローグ　回復術士のやり直し

エレンの死を聞いた。

意外なことにすぐに受け入れられた。

そんな予感はしていた。

「おまえは殺していないいんだな？」

「殺すほど、あんな小娘に興味はない。わかってるだろ？　俺はただ置いてきただけだ。俺はノルン姫の護衛として入り込んだ。だから側にいて、ケヤル兄様を助けに行ってと言われたから、そうしただけだ。かわいそうなノルン姫は死地に置き去りだ。ひどい有り様だよ、魔族たちの疑心暗鬼が爆発して、同士討ちを始めて大混乱で殺し合いだ」

エレンにはさまざまな相談をしていた。

祝典のあとも数日滞在してもらうつもりだった。

祝典の場は揉《も》め事が起こるかもしれない。

だから、護衛と共に俺の屋敷にいてもらった。

「……生きている可能性はあるだろう。おまえが抜けても他の護衛もいるんだ」

「ないな。俺の眼がそう言ってる。ケヤルの屋敷はよく燃えていたなぁ」

ブレットがそう言えばそうだろう。

それに、エレンが戦況を読み間違えるなんてあるはずがない。

自分は助からない。それを判断した上で言葉を残した。つまり、そういうことだろう。

「ブレットに自分を守らせれば、生き残れたかもしれないのに」

「ううん、愛だねぇ。死ぬとわかっていても、俺を行かせなきゃケヤルが死ぬから行かせた。雌はみんなバカでどうしようもないと思っていたが、ノルン姫は本物だった」

エレンが死んだ。

心が軋《きし》む。

復讐《ふくしゅう》を誓ったときの痛みとは違う。

もっと切なくて、苦しい。

喪失感。

もう会えないという事実を認めたくない。

「なあ、ケヤルぅ。悲しんでいるところ悪いんだが、やはり愛はいいと思った。だから、俺もケヤルを愛してみようと思うんだ」

ブレットはそう言って【砲】の本体である拳銃を取り出した。

ブレットの神器の本体にして切り札。

普段の【砲】はオプションパーツを取り付けた擬態。

それでイヴを撃った。

腹部に当たったようで、血は流れるが命に別状はない。

ブレットはわずかに銃口をずらした、照準はイヴの心臓。

「ブレットおおお！」

「おいおい騒ぐな、急所は外してるぜ、しばらくはもつさ。ここからが本番だ。ゲームをしよう。ルールは簡単だっ。ケヤル以外が動けば即座に魔王イヴの心臓を撃ち抜く、何もしなくても一分後に撃ち抜く。止める方法はただ一つ。俺を殺すことだ。おっと無効化なんて生ぬるいことを考えるな、殺しに来なければ魔王を殺す」

「これ以上、勇者を殺せばどうなるかわからないんだぞ」

「さあ、どうなるかな？　どうなるかな？　選べ！　選ぶんだ！　勇者《おれ》を殺して、ルールを破るか。魔王イヴを見殺しにするか」

詰みまでの残された時間、女たちと幸せに過ごすという決断。

でも、エレンはもういなくて、このままではイヴも失う。

現実的にラピスとラグナ嬢は救えない。

「優柔不断だなぁ、ケヤルは。ケヤルガを名乗ってたときのおまえなら即殺していただろ

うに。俺が惚《ほ》れたのはケヤルガでケヤルじゃないかもな。顔はケヤルが好みだけどねぇ。おまえはつまらん。じゃあ、殺すか」

「ブレットォォォォォォォォ！」

引き金に指がかかった瞬間、何かが弾けた。

ブレットに対する怒りにすべてが塗りつぶされる。ブレットだけしか見えなくなる。

こいつはいつもいつもいつもいつもいつもいつも。

気が付けばブレットに渡されたナイフでやつの心臓を貫き、さらにはひねって取り返しの付かない損傷を与えていた。

「ごふっ、やっぱり、いいな。殺意は、殺される瞬間は、俺だけを見て、俺だけを感じてくれる。俺の、俺だけのものになった」

「俺は、俺は」

まだ、【回復《ヒール》】をすれば間に合う。

やつを殺せば、さらに世界の終わりが早まる。

「【回復《ヒール》】はやめたほうがいい。使えて、あと一回だろう？　可愛《かわい》い魔王様を癒やしてやらなきゃだろ、放っておけば死ぬぜ」

「なぜ、なぜだ」

「殺されてみたかったのもあるが、愛だよ。終わりまでの僅かな時間を精一杯生きるなんて、最悪で破滅的な道を選んだ愛しきケヤルを止めるためにね。これでもうやり直すしかない。ああ、俺の愛を刻んでくれケヤル。ケヤルに奪われて死ねて、俺は幸せだった」

心臓を貫かれたまま、ブレットは俺を抱きしめ、そのまま死んだ。

長い長い付き合いだった。

あいつへの恨みに突き動かされてここまで来た。

そして、最後の最後で俺はやつに救われた。

◇

ブレットの死体を蹴り飛ばし、それからイヴの腹の傷を癒やす。

少しだけ顔が安らかになった。

セツナたちは不安そうにこっちを見ていた。

「大丈夫だ、大丈夫だよ……それとグレン、いい加減出てきたらどうだ？」

「あれ気づいてたの？　ご主人様」

「いる気がしたんだ。どうして隠れてた？」

「ちゃんとした神獣になったから、もう手助けしちゃだめなの。でも、グレンはご主人さまたちのこと好きだから、手が届けば助けちゃいそうだったの……」

「そうすれば、やり直すための力を失うか。素直なんだか、ひねくれているんだか」

「ご主人さまに似たの……ご主人さまは忠告されてたのに、また勇者を殺した。世界はさらに悪くなった。グレンへの縛りも強くなった。お手伝いできるのは一回きり、時間がない、今すぐ選んで」

イヴを治して、終わりまでの短い時間を愛しい女たちと過ごして笑いながら死ぬのか。

やり直して、一から幸せを作り上げていくのか。

「なあ、グレン。二つ質問がある」

「ルールに違反しない範囲なら答えるの」

「一つ、イヴはあとどれぐらい持つ」

「確実なのは二時間。そこから先はわからない」

「もう一つ、みんなの記憶が残るかもしれないと言ったな、どれぐらいの確率だ」

「……半分、三割、もうちょっと悪いかもなの」

「そっか」

「でも、グレンはがんばるの」

「グレンはずっとやり直しのほうを選んでほしそうだったな」

「グレンは確実に忘れないから……それに、ここから先はご主人さまが想像しているほど生ぬるくないの」

相当、最悪と呼べる想定をしていたんだがな。

思ったより世界はクソだったらしい。

「俺はやり直す。グレンはできる子だろ、みんなの記憶を頼む」

「がんばるの！　それとね、次の世界でもちゃんとグレンを見つけるの」

そもそもグレンは俺が神獣の卵を見つけないと生まれすらしないからな。

神鳥カラドリウスに会う時期を早めないといけない。

◇

それからフレイア、セツナ、クレハの三人に今起きていることと、俺が人生をやり直していたこと、どうやらこっちの世界が詰んだらしくもう一度やり直すことを伝えた。

「驚きました。ケヤル様がやり直していたなんて」

「セツナは納得。ケヤル様は物知り」

「それは【回復《ヒール》】の副作用よね。……でも、ここまでなのね」

「グレンの話では俺と繋《つな》がりが深いやつらの記憶は残るかもしれないって話だから、期待しておこう」

三割って言うのなら、俺の女のうち一人二人は残るだろう。

それに記憶がなくなったとしても、絶対にまた出会って愛し合う。

「セツナは絶対ケヤル様のこと忘れない」

「私も、私もです。絶対の絶対です！」

「気合でどうにかなるものではないと思うわ。でも、忘れたくないわね」

「……そうだな、俺も忘れてほしくない。好きなんだよ、おまえたちのこと。それとな、せっかくやり直すんだし、おまえたちの望みを聞いておこうと思ってな。もし、やり直せたらこうしたいってのがあるだろ？」

誰だってそういう悩みがあったはずだ。

俺の場合は、もう一度俺の愛した女と出会う。

また受け入れられるかは別としても、会いに行くのは確実だ。

そして、会ったとき彼女たちの願いを叶《かな》えたい。

「セツナは、氷狼族の里を救ってほしい。セツナは人間にさらわれて奴隷にされたからケヤル様に出会った。でも、仲間が奴隷にされる前に救ってくれたらもっとうれしい」

「約束する。フレイアはどうだ？」

「私、フレア王女のときけっこうひどい子で、悪いことたくさんしていたんですよね……そのときのこと朧《おぼろげ》気ながら思い出すんです。寂しくて、苦しかったんですよ。だから、フレア王女の友達になってくれませんか？」

「……あいつ、平民の俺のことを汚れた血だとか言っていたし、触られたあといつも念入りに手を洗うようなやつだぞ」

「うっ、それでもです。その、なんだかんだそのうち慣れると思いますから！」

めちゃくちゃを言うな。

まあ、でもフレア王女と普通に友達か。

今の俺ならできるかもしれない。

人種も種族も超えて、何人もの女を手に入れていたぐらいだ。

「クレハは何かあるか？」

「……残念ながら、私はけっこう今までの人生に満足しているのよね。剣に生きて、愛する人を見つけて。ケヤルとの出会いも悪くなかったし。でも、強いて言うなら次は私の腕を治したときに気絶しないで、すぐにお礼を言わせて。それから、お友達になりましょう。ケヤルガになっちゃう前なら、剣の稽古もできるわね。ケヤルと一緒に汗を流すのは楽しそう」

「わかった、なんとか耐えてみる。それから、ちゃんと剣を学んでみようか。【回復《ヒール》】で読み取ったクレハの劣化模倣《デッドコピー》じゃなくて、いい加減自分の剣を見つけないとな」

「向こうの私にビシバシ鍛えてもらって」

それはそれで楽しそうだ。

あそこで気絶せず、クレハとまっとうに縁ができていればまた違った結末があった気がする。

それから、他にもいろいろと要望を聞いた。

「だいぶ話し込んだな。一つ提案がある。最後に愛し合わないか？　一時間だから、一人ずつとはいかないが。最後に肌でおまえたちを感じたい。

「セツナもそれ思ってた。ケヤル様を忘れないように刻みたい」

「セツナちゃんはいつも抜け駆けです」

「私も乗るわ。身体で覚えるのが一番よ」

それから、一時間。

ただ全身で彼女たちの肌を体温を忘れないように刻んで、逆に彼女たちには俺を刻みつけた。

最高の女たちだ。

手放したくない。

ずっと一緒にいたい。

でも、別れのときは近い。

◇

激しく愛し合った。

「じゃあ、言ってくる」

「最後のキス。セツナは忘れない」

セツナと口づけをかわす。相変わらず頭突きかと思ってしまうような乱暴なキス。

「その、向こうのひどい私を見捨てないでくださいね」

フレイアは優しくふんわりと。

「あなたとの子供、産んで育てたかったわ。向こうでの楽しみにとっておく」

クレハは未《いま》だに照れが残る。

こういうことが一番苦手で、でも興味津々なのがクレハ。

俺は別れをすませてイヴとグレンのもとへ行く。

◇

グレンは俺がやってくると気を利かせてイヴと二人きりにしてくれた。

「イヴ、目が覚めていたのか」

「まあ、話すぐらいはできるようになったよ。エッチなことは無理だけどね」

「残念だ」

「あっ、私とも最後に一発やってからって思ってたんだ」

「もちろん、イヴと愛し合うのは最高だからな」

「少しぐらい悪びれてよ……私もしたかったけどさ。ケヤルに抱かれるの好きだし」

「いつもは俺が求めるから仕方なくって文句言うくせに」

「照れ隠しに決まってるでしょ」

「知ってた」

「もう、ケヤルは！　ケヤルはぁ！」

ぽこぽこと胸を叩《たた》かれる。

相変わらず可愛いやつだ。

「ごめんね、私がさ、黒い衝動とか魔王の破壊衝動とかぜんぶ制御できる魔王様だったら、もっといろいろとできてやり直しなんて選ばずに済んだのに」

「そっちはまあ、できなくて当たり前だけど。空気と戦況は読んでほしいな。さっきだってラピスに【改悪《ヒール》】しようとして止められたときは、冷や汗がすごかった」

「最後なのに、まだダメ出しするの!?」

「やり直しても覚えていられるかもしれないからな。しっかり反省をしておいてくれ。あそこでラピスを無力化していればな」

殺すつもりはなかった。ただ脳からの電気信号を遮断して動けなくすれば無力化できていた。

もし、そうであればイヴも戦えていたし、まだなんとかなったかもしれない。

「……ううう、私、全然成長してなくてごめん。周りが見えるようになりたいよ」

「まあ、前よりマシだ。やり直したあとの延長戦でがんばってくれ。仮にも魔王なんだろ？　記憶が残る確率は三割らしいが、魔王補正で十割にならないか？」

「なるかも。だって魔王だし。ふふふっ、やり直したら、ケヤルに鍛えてもらった記憶を引き継ぎして、昔の私に戻るんでしょ。知識と経験で無双して、ケヤルに会う前から大活躍！　自分で黒翼族を救っちゃうよ」

「ぜひ、やってくれ。俺の仕事が減る」

俺とイヴはそうやって笑い合う。

俺が救えなかった、黒翼族を救うことはすでにやり直したあとの予定に組み込まれている。

グレンが少女の姿でやってきた。

「そろそろ限界なの。魔王イヴ、自分でもわかってるはずなの」

今にも魔王イヴの存在が壊れようとしていた。

魔王の心臓から漏れ出る力が弱くなっているのは、心臓が修復されたからではなく、漏れ出る力が弱くなったからだ。

「エッチさせてあげられなくてごめんだけど、その、あの」

「あのとかそのじゃわからない」

「最後の最後までケヤルは意地悪だよね⁉」

と怒ったところで口づけをした。

エッチできなかった分、濃密な大人のやつだ。

キスだけなのにイヴの背中がびくんっとはねた。

「やっぱり、最後の最後までケヤルはケヤルだったよ！」

「でも、合ってただろう」

「……うん。合ってた」

イヴが微笑《ほほえ》んでくれた。

やはり可愛《かわい》い、最高の恋人だ。

「ねえ、ケヤル。さよなら、それとまたね」

「ああ、またな」

俺はグレンのもとへと向かう。

グレンに連れていかれたのは、時の神獣と出会った儀式の間だった。

力があのときよりもずっと満ちている。

「ご主人さまが世界をやり直したときと同じように魔術を使うの。フォローとブーストはこっちでやるの」

「なあ、グレン」

「なんなの？　こっちは準備で忙しいの」

微妙に不機嫌だった。

「あいつらと同じように、エッチやらキスやら思い出話はいいのか？」

「イヴが生きているうちにやり直さないと記憶の残る確率が下がるの！　こうしている間にイヴが消滅したらどうするの！　あいつらのことが好きなの。だから、グレンの分の時間をくれてやったの。あいつらと違ってグレンだけは確実にご主人さまのこと忘れないから！」

「なんだかんだ優しいよな」

「むう、返事は決まってるの。いい加減言い飽きたセリフなの。でも、最後だから言ってやるの。ごほんっ。……ご主人様に似たの」

にかっと、小生意気な笑みをグレンが浮かべた。

不機嫌だったのはきっと、グレン曰《いわ》く、俺の女たちに時間をくれてやったからだろう。

「じゃあ、いくぞ。準備はいいな」

「ばっちこーいなの」

俺は術式を練り上げていく。

イメージするのは回帰の【回復《ヒール》】。

対象は世界。

この、クソみたいに詰んだ最悪の世界をあるべき世界に回帰させる。

ただ、こうして最後の最後になって思うのは……。

『最後こそ、あれだったが、悪くなかった』

地獄みたいな人生で、そこを抜けて幸せというのをちゃんと摑《つか》んで楽しめた。

だからこそ、だからこそ、次は。

この幸せの先を。

そんな想《おも》いを込めて、俺は魔術を完成させる。

「【回復《ヒール》】」

俺の魔術が世界に触れて、そして世界が巻き戻る。

さて、始めようか回復術士のやり直しを。

あとがき

『回復術士のやり直し⑩』を読んでいただき、ありがとうございました。

原作の「月夜　涙」です。

ずいぶんと長い間待たせてすみません！

十巻のテーマは愛と夢。

ケヤルにとってのヒロインたちがどういう存在か？　そしてケヤルが本当にほしかったものは何か？　を描きました。

強がり続けてきた彼が見せた素顔と弱さを知って、ケヤルのことをもっと好きになってもらえるとうれしいです。ちなみに久々の全ヒロイン登場回。

十巻目ということで物語の大きな区切りでもあります。ぜひ、楽しんでください！

○宣伝とか
久しぶりに新シリーズを執筆いたしました！

『捨てられエルフさんは世界で一番強くて可愛《かわい》い！』

人気声優の女の子が、世界一可愛くて強いエルフに異世界転生して、大暴れ！　楽しくて熱い作品に仕上げております。毒もたっぷり込めておきました！

絶対読んでくださいね！　主人公の子、ものすごく気に入っていて、ある意味ケヤルくんよりやばい主人公です。もう間もなく発表出来ると思うのでお楽しみに！

それと、アニメ二期も決定した『世界最高の暗殺者、異世界貴族に転生する』についてですが、新刊の方も間もなく発表出来ると思います。こちらも楽しみに待っていてください。

謝辞

しおこんぶ先生、十巻も素敵なイラストをありがとうございます。仕事の幅も量もどんどん増えて、ますますご活躍のようですね。応援しております。

新担当編集の中田様、めんどくさい作家にお付き合いいただき感謝しております。

角川スニーカー文庫編集部と関係者の皆様、デザインを担当して頂いた木村デザイン・ラボ様、ここまで読んでくださった読者様にたくさんの感謝を！　ありがとうございました。

あとがき、

お久しぶりです、しおこんぶです。
時間はかかりましたが10巻お届けできたこと
嬉しく思います。

前回チラみえしたラグナさん活躍回
ここ時点での衣装ハイレグ具合は
たしかナーフくらってます。
キャラデ時点ではさらにきわどかった
ので怒られました。
まぁいつでもギリギリを攻めていきたいね。

というわけで次の巻もどうぞよろしくお願いします。

回《かい》復《ふく》術《じゅつ》士《し》のやり直《なお》し10
～即《そく》死《し》魔《ま》法《ほう》とスキルコピーの超越《ちょうえつ》ヒール～

著　月夜《つきよ》　涙《るい》

角川スニーカー文庫　24053
2024年4月1日　初版発行

発行者　山下直久
発　行　株式会社KADOKAWA
〒102-8177 東京都千代田区富士見2-13-3
電話　0570-002-301（ナビダイヤル）
印刷所　株式会社暁印刷
製本所　本間製本株式会社

Printed in Japan　ISBN 978-4-04-109663-5　C0193

★ご意見、ご感想をお送りください★
〒102-8177 東京都千代田区富士見 2-13-3
株式会社KADOKAWA　角川スニーカー文庫編集部気付
「月夜 涙」先生「しおこんぶ」先生

角川文庫発刊に際して

角川源義

第二次世界大戦の敗北は、軍事力の敗北であった以上に、私たちの若い文化力の敗退であった。私たちの文化が戦争に対して如何に無力であり、単なるあだ花に過ぎなかったかを、私たちは身を以て体験し痛感した。西洋近代文化の摂取にとって、明治以後八十年の歳月は決して短かすぎたとは言えない。にもかかわらず、近代文化の伝統を確立し、自由な批判と柔軟な良識に富む文化層として自らを形成することに私たちは失敗して来た。そしてこれは、各層への文化の普及滲透を任務とする出版人の責任でもあった。

一九四五年以来、私たちは再び振出しに戻り、第一歩から踏み出すことを余儀なくされた。これは大きな不幸ではあるが、反面、これまでの混沌・未熟・歪曲の中にあった我が国の文化に秩序と確たる基礎を齎らすためには絶好の機会でもある。角川書店は、このような祖国の文化的危機にあたり、微力をも顧みず再建の礎石たるべき抱負と決意とをもって出発したが、ここに創立以来の念願を果すべく角川文庫を発刊する。これまで刊行されたあらゆる全集叢書文庫類の長所と短所とを検討し、古今東西の不朽の典籍を、良心的編集のもとに、廉価に、そして書架にふさわしい美本として、多くのひとびとに提供しようとする。しかし私たちは徒らに百科全書的な知識のジレッタントを作ることを目的とせず、あくまで祖国の文化に秩序と再建への道を示し、この文庫を角川書店の栄ある事業として、今後永久に継続発展せしめ、学芸と教養との殿堂として大成せんことを期したい。多くの読書子の愛情ある忠言と支持とによって、この希望と抱負とを完遂せしめられんことを願う。

一九四九年五月三日

世界最高の暗殺者、異世界貴族に転生する
The world's best assassin, To reincarnate in a different world aristocrat
月夜 涙 画 れい亜
"伝説の暗殺者"、異世界で無双
最強×無敵の
アサシンズ・ファンタジー――!
特設サイトはコチラ!
世界一の暗殺者が、暗殺貴族の長男に転生した。現代であらゆる暗殺を可能にした知識と経験、そして暗殺者一族の秘術と魔法。その全てが相乗効果をうみ、彼は史上並び立つ者がいない暗殺者へと成長していく!!
スニーカー文庫

真の仲間じゃないと勇者のパーティーを追い出されたので、辺境でスローライフすることにしました
Banished from the brave man's group, I decided to lead a slow life in the back country.
ざっぽん
illust.やすも
お姫様との幸せいっぱいな
辺境スローライフが開幕!!
WEB発超大型話題作、遂に文庫化!
コンテンツ
盛り沢山の
特設サイトは
コチラ!
シリーズ好評発売中!
スニーカー文庫

入栖
—Author
Iris
神奈月昇
—Illust
Noboru Kannnatuki
マジカル☆エクスプローラー
—Title
Magical Explorer
エロゲの友人キャラに転生したけど、ゲーム知識使って自由に生きる
Reincarnated as a Eroge Hero's Friend,
I'll live freely with my Eroge knowledge.
知識チートで
二度目の人生を
完全攻略！
特設ページはコチラ！
スニーカー文庫

きみの紡ぐ物語で
世界を変えよう。
第30回
スニーカー大賞
作品募集中!
大賞 300万円
+コミカライズ確約
金賞 100万円
銀賞 50万円
特別賞 10万円
締切必達!
前期締切
2024年3月末日
後期締切
2024年9月末日
詳細は
ザスニWEBへ
https://kdq.jp/s-award
イラスト／カカオ・ランタン